La fuerza de la sangre
El celoso extremeño

Καὶ νέους θάρσυνε· νίκης δ' ἐν θεοῖσι πείρατα.
ΑΡΧΙΛΟΧΟΣ
ΕΛΕΓΕΙΑ, ΤΕΤΡΑΜΕΤΡΑ (57 D)

Anima tú a los jóvenes: a los dioses les toca determinar el triunfo.
ARQUÍLOCO
Elegías, tetrámetros (57 D)

CÁTEDRA BASE

La fuerza de la sangre
El celoso extremeño

Miguel de Cervantes

Edición de M.ª Teresa Mateu

CÁTEDRA

Colección dirigida por José Mas y M.ª Teresa Mateu

1ª edición: marzo de 2004
2ª edición: enero de 2008

Diseño y cubierta: M. A. Pacheco y J. Serrano
Ilustración de cubierta: *Intriga contra Francisco de Quevedo y Villegas en los Jardines del Buen Retiro*, A. Pérez Rubio. Museo de La Rioja
© Archivo Anaya

© De la introducción, notas y propuestas de lectura:
M.ª Teresa Mateu, 2004, 2008
© Ediciones Cátedra (Grupo Anaya, S. A.), 2004, 2008
Juan Ignacio Luca de Tena, 15. 28027 Madrid

ISBN: 978-84-376-2149-4
Depósito legal: Na. 3.609/2007
Composición: Grupo Anaya
Impreso en Rodesa S. A.
(Rotativas de Estella, S. A.)
31200 Estella (Navarra)
Impreso en España - Printed in Spain

Reservados todos los derechos. El contenido de esta obra está protegido por la Ley, que establece penas de prisión y/o multas, además de las correspondientes indemnizaciones por daños y perjuicios, para quienes reprodujeren, plagiaren, distribuyeren o comunicaren públicamente, en todo o en parte, una obra literaria, artística o científica, o su transformación, interpretación o ejecución artística fijada en cualquier tipo de soporte o comunicada a través de cualquier medio, sin la preceptiva autorización.

ÍNDICE

9 **Introducción**
9 Libre nací y en libertad me fundo
12 Por qué y cómo leer a Cervantes hoy
13 Cervantes, inventor de la novela
14 Tema y problema de las dos novelas elegidas
15 La mujer en Cervantes
16 La casa cerrada
18 Esta edición

19 **La fuerza de la sangre**

43 **El celoso extremeño**

87 **Después de la lectura**
87 La casa y el espejo

INTRODUCCIÓN

Libre nací y en libertad me fundo

Cervantes nació en Alcalá de Henares, en el año 1547, y murió en Madrid, en 1616. En dos ocasiones declaró en falso haber nacido en Córdoba, para proteger a su amigo el posadero Tomás Gutiérrez, quien tenía que demostrar no tener en sus venas sangre de judíos o de moros. Y naturalmente, sería más creíble que un paisano suyo que lo había tratado desde niño conociera bien sus antecedentes. La mentira cervantina no es de las que manchan, sino de las que ponen por encima de todo la verdad de la amistad.

La vida de Cervantes no fue precisamente amable. Su niñez estuvo ya marcada por el signo de la pobreza: su padre, Rodrigo Cervantes, era cirujano, profesión que no tiene que ver con la actual, ya que se limitaba a entablillar huesos rotos y a hacer sangrías. Tuvo que hacer filigranas para sacar adelante a su numerosa familia: siete hijos y la esposa. Un detalle anecdótico, pero muy llamativo: Rodrigo Cervantes era sordo. Por ley de compensación, quizás, Miguel se distinguió por un finísimo oído que le llevaría años más tarde a reflejar con fidelidad las diversas hablas de su entorno. Por causas no bien conocidas, pero huyendo tal vez de la justicia, tuvo que marchar a Italia a los veintiún años de edad. Como soldado conoció diversas ciudades italianas: Nápoles, entre ellas (como le sucede a Rodolfo, el protagonista de *La fuerza de la sangre*). Buscando gloria, fue herido en el pecho y en la mano izquierda en la batalla de Lepanto. De ser manco en una ocasión tan importante para España y la cristiandad se enorgullecerá siempre. Sin embargo, esta hazaña será el comienzo de una vida llena de sufrimientos e injusticias. Apresada la nave en la que viajaba a España, concretamente a la altura de la Costa Brava, es llevado a Argel donde vivió cinco años interminables de cautiverio. Nunca se dejó acobardar por el dolor porque «las tristezas no se hicieron para las bestias, sino para los hombres; pero si los hombres las sienten mucho, se vuelven bestias».

Por ello nunca admitió la prisión e intentó escapar en cuatro ocasiones. A causa de dos traidores y de algunos errores en la estrategia de la fuga, Cervantes no pudo huir materialmente, pero su dignidad y su valentía al echarse sobre sí toda la responsabilidad de la huida conmovieron al sanguinario reyezuelo quien, por mucho menos, había mandado matar a muchos hombres, como el jardinero Juan que, por ayudar a los rebeldes, fue colgado de un pie del árbol más alto del jardín del alcaide. Con estos antecedentes, juzgad vosotros mismos estas palabras de don Miguel que pueden servir como punto de partida para su *Don Quijote* y como ejemplo de dignidad y de valor, éste no muy de moda en nuestros días: «Ninguno de estos cristianos que aquí está tiene culpa en este negocio, porque yo solo he sido el autor de él y el que los ha inducido a que huyesen».

De regreso a España, tras haberse pagado por su rescate quinientos escudos en oro, se abría ante él un futuro esperanzador que nunca llegaría a materializarse. No se le concedió ninguna dignidad militar, por dos veces se le negó el permiso oportuno para ir a las Indias, se le encarceló por deudas que no eran suyas o por asuntos de amoríos y cuchilladas en los que no se probó nada contra él, sobrevivió a la pobreza sin doblegarse ante nadie ni nada, y a los cincuenta y siete años de edad, cuando ya nadie creía en su talento literario, escribió *El Quijote,* la obra más famosa hoy en el mundo, pero que durante la vida de Cervantes no tuvo el reconocimiento esperado en los medios cultos, aunque conociera, eso sí, un éxito rápido entre las gentes del pueblo.

Lo que aportaba *El Quijote* a los gustos de su tiempo era la presencia viva del humor. El humor cervantino nace del dolor y de la injusticia, pero, lejos de destilar amargura y pesimismo, acierta a ver los problemas a una cierta distancia, lo cual ayuda a reducirlos de tamaño y a asimilarlos. La risa y la locura eran una forma de enfrentarse a la mediocridad y a la falsedad dominantes en la vida social. Cervantes tuvo que ser muy hábil para reírse de las instituciones sin dar pie a ser perseguido.

Fue un gran observador de la realidad que, para él, fue singularmente dura y deprimente, pero, además del humor ya comentado, supo fabricarse un mundo interior de ensueños y de fantasía que le alivió el dolor de ser marginado y menospreciado por los poderosos.

El retrato moral y emocional de Cervantes cabría, sintéticamente, en estos espléndidos versos de un poeta del XVII, Gabriel Bocángel:

> Canté el dolor llorando la alegría,
> y tan dulce, tal vez, canté mi pena,
> que todos la juzgaron por ajena,
> pero bien sabe el alma que era mía.

Cervantes vivió los últimos años de su vida en Madrid, en vecindad con Lope, quien sólo hablaría bien de él en su *Laurel de Apolo*, publicado en 1630, catorce años después de la muerte del insigne novelista.

Enfermo y viejo, pero con la pluma en la mano y los proyectos de otras obras literarias en la mente escribe tres días antes de morir estas lúcidas y serenas palabras que pertenecen al prólogo de su última novela: *Los trabajos de Persiles y Sigismunda:*

«El tiempo es breve, las ansias crecen, las esperanzas menguan, y con todo esto llevo la vida sobre el deseo que tengo de vivir».

El día 22 de abril de 1616 muere Cervantes en la calle del León, esquina a la de Francos. Y el día veintitrés se le entierra en las Trinitarias en una ceremonia carente del calor del público. Este adiós triste por lo despoblado, contrastará con las honras fúnebres que durante nueve días tributaría el pueblo de Madrid a Lope de Vega.

Desde su muerte Cervantes no ha dejado de crecer; hasta China o Japón ha llegado la fama de nuestro hidalgo de La Mancha. El cine ha conocido diversas versiones de las hazañas quijotescas, e incluso insignes músicos como Manuel de Falla, Óscar Esplá o Richard Strauss han volcado en sonidos meditaciones y ensueños del loco manchego.

Por qué y cómo leer a Cervantes hoy

Todas las obras humanas de importancia —sean palacios, cuadros o libros— cambian a lo largo del tiempo siendo, no obstante, las mismas. Sí, no se trata de una adivinanza o de un juego de palabras; la cosa es bastante sencilla: cada cierto tiempo hay que limpiarles el polvo y restaurar los colores de unas paredes para que puedan brillar con el primer esplendor que tuvieron. Hay veces, además, que determinados prejuicios morales han impedido durante siglos ver las obras de arte como primitivamente fueron. Éste es el caso de la Capilla Sixtina, cuyas pinturas no pudieron contemplarse como eran durante cuatrocientos años por el simple hecho de que Miguel Ángel había pintado el cuerpo desnudo. La exaltación del desnudo es una característica que une a los artistas de la antigüedad con los del Renacimiento; pero cuando el cristianismo se hace más conservador, se prohíbe la exhibición del desnudo porque se considera que es una tentación para pecar.

También los libros envejecen porque cambian los gustos y, lo que es más importante: cambian las palabras porque la lengua no es una momia, sino un espejo de vida; y ya se sabe que la vida no se puede disecar como se diseca una mariposa. ¿Y Cervantes?

Cervantes es reconocido en todo el mundo como el mejor novelista, por su *Don Quijote,* claro; pero *El Quijote* es una novela larga y un tanto complicada, por eso es mejor empezar por novelas cortas que nos familiaricen con el genial escritor.

Pero para entrar en una casa hacen falta dos cosas: una llave y sentir ganas de entrar.

Para entrar en un libro la llave y las ganas pueden ser la misma cosa: si yo no sé que en el siglo XVII los pronombres pueden ir detrás del verbo (sentose en una silla, en lugar de se sentó en una silla) el giro lingüístico me desconcierta y, al no entenderlo a la primera, me produce un rechazo. Pero ya sabiéndolo, a la segunda página de lectura me sirve como un reto pues me obliga a estar atento a lo que el autor me va contando. Muchas frases de aquella época se construyen con el verbo al final; pero en Cervantes se puede averiguar fácilmente el sentido del párrafo, teniendo en cuenta este pequeño desorden.

Y cuando las palabras son raras, siempre habrá una nota explicativa, lo más sencilla posible.

Finalmente, en las novelas de Cervantes podemos conocer a unas mujeres y unos hombres que vivían de forma diferente a nosotros, pero que disfrutaban y sufrían, se amaban y se engañaban como hoy en día.

Cervantes, inventor de la novela

La novela como género moderno la había inventado un autor cuyo nombre no conocemos: medio siglo antes a la redacción de la primera novela de Cervantes se publicó *El Lazarillo de Tormes*.

Cervantes, sin embargo, se considera el inventor no sólo del género sino también de la palabra.

El vocablo *novela* venía del italiano «novella».

Hasta que Cervantes la hace suya y nos la regala a sus descendientes, la palabra novela tenía estas acepciones:

- *mentira* o *engaño*,
- *suceso* (estas dos acepciones con referencias concretas a la vida), y
- *relato* que se ponía en boca de graciosos y pícaros. (Esto por lo que a la literatura se refiere).

Los rasgos más personales de las novelas cervantinas son éstos:

- Españolización del asunto.
- Importancia del diálogo, que da mucha vida a la narración. El diálogo es un elemento destacado en la novela del siglo xx.
- Dominio del realismo sobre lo fantástico.
- Las ciudades no se describen, se aluden con algún detalle mínimo: *La fuerza de la sangre* menciona el río de Toledo como escenario de reunión y entretenimiento. En *El celoso extremeño* sabemos que estamos en Sevilla por el típico patio de la casa de Carrizales y por la azotea, junto a un paisaje sonoro, mucho más importante: las canciones de la época que Loaysa canta acompañándose de la guitarra.

- La ejemplaridad: ha desorientado el hecho de que Cervantes llame ejemplares a sus novelas. ¿De qué puede ser ejemplo la corrupción generalizada de Sevilla en *Rinconete y Cortadillo?* Los ejemplos cervantinos suelen ser tomados de defectos y de vicios, que, por lo tanto, no han de imitarse, al revés: hay que huir de ellos.

Tema y problema de las dos novelas elegidas

El tema de *La fuerza de la sangre* toma como punto de partida un rapto y una violación que, pasados siete años, se convierten en felicidad gracias al matrimonio.

En *El celoso extremeño* se trata de un casamiento —casi venta— entre un viejo y una niña, la cual termina por engañarlo. No debe tener gran importancia anticipar, en cierto modo, el desenlace, pues lo que de veras interesan son el planteamiento y el desarrollo de los hechos. Y como la época no es la actual, hay que dar algunas claves para poder saborear mejor lo que se lee antes de leerlo.

En la edición de las *Novelas ejemplares* en 1613 *La fuerza de la sangre* y *El celoso extremeño* aparecen juntas, como si *El celoso* fuera una cierta continuación argumental de *La fuerza;* y así la moral del perdón que otorga Leocadia (y naturalmente su familia) al que abusó de ella, se convierte en *El celoso* en castigo de un viejo desconfiado que encierra a su joven esposa en una jaula de oro. Es bien sabido que si el oro no va acompañado de libertad, no puede hacer feliz a nadie. De todos modos hay que señalar que el castigo es más sicológico que real, ya que el adulterio no se consuma.

Pero las cosas no suelen ser tan sencillas como a primera vista parecen. En primer lugar hay que tener en cuenta que hacia 1604 Cervantes debió de tener ya compuestas *Rinconete y Cortadillo* y *El celoso extremeño*. Y en esta primera versión sí que se consumaba el acto sexual. ¿Qué pudo pasar por la mente de Cervantes para cambiarle el final en la novela que conocemos? Seguramente esto:

- El novelista era ya bastante famoso, aunque su fama era popular, no entre los escritores, que nunca se tomaron en serio al genial creador. Por lo cual prefirió no provocar escándalos con un desenlace un tanto escabroso.

- Temor a la Inquisición, que podría tachar al autor de inmoral y, por lo tanto, perseguirlo. Desde luego son evidentes los cambios de detalles que aluden a lo sagrado o a lo sexual.
- Que el tema de los celos le preocupaba mucho a Cervantes es evidente en toda su obra. En el episodio de «El curioso impertinente», incluido en *El Quijote*, el necio y morboso Anselmo le pone tantas trampas a la virtud de la esposa que, al final consigue lo que secretamente deseaba: que la mujer le fuese infiel y, por añadidura, con el mejor amigo de ambos.

En cuanto al problema del viejo celoso tiene tres redacciones o, lo que es lo mismo, tres variantes febriles de una misma obsesión:

En la versión de 1604 el adulterio se realiza plenamente. En la novela que tenéis delante una cortina de sueño y como de juego desciende sobre la unión de los amantes, que se duermen como niños. ¿Pero de verdad pueden dormirse así, después de tantos preparativos? ¿No será que ese sueño extraño venga dado por la impotencia de Loaysa? Y una pregunta todavía que suena también a respuesta: Leonora sigue siendo virgen después de un año y pico de casada. O sea, que la chica no tiene muy buena suerte que digamos. Por eso al final le aguarda la desilusión y el convento.

En el entremés titulado *El viejo celoso* no hay tiempo para saber qué pasa.

En resumen: si bien se piensa, el desenlace de *La fuerza* no es tan distinto de *El celoso*. En la primera novela Rodolfo es aclamado como un salvador, eso es verdad, y en la segunda el viejo Carrizales hace un triste papel. Pero hay que saber que al público de aquella época no le gustaba los finales trágicos, por ello el autor había de ingeniárselas para que todo acabase bien, y si ello no fuera posible, (como sucede en *El celoso)* entonces tenía que hacer filigranas para endulzar, al menos, lo amargo, envolviéndolo en un clima de ambigüedad y, por ello mismo, pleno de sugestión.

La mujer en Cervantes

Ha tardado seis mil años por lo menos en encontrar la mujer un papel propio en la sociedad, a pesar de haber sido ella a lo largo de la historia el depósito de las costumbres y creencias, la que ha guardado la casa en la paz y en la guerra y la engendradora de vida frente a la muerte todopoderosa.

Las heroínas cervantinas tienen estos rasgos distintivos:

• Idealización: son bellas, puras y sumisas; como corresponde a jóvenes cuyo objetivo en la vida no es otro que casarse.
• En el lado opuesto se sitúan las mujeres astutas y malévolas; ¿son una idealización negativa?, ¿un realismo feroz?
• Por fin hay unas mujeres de baja extracción social que unen a la virtud una indudable coquetería.

La virtud más apreciada por las mujeres cervantinas es la castidad; Leocadia es violada por estar desmayada, vuelta en sí nadie podría abusar de ella a no ser que le diera muerte. Pero por otra parte, las heroínas de Cervantes no consienten que nadie les ponga barreras a su esclavitud voluntariamente aceptada:

> Madre, la mi madre,
> guardas me ponéis,
> que si yo no me guardo,
> no me guardaréis.

La casa cerrada

El viejo Carrizales ha despilfarrado su vida de dos formas diferentes y complementarias:

• derrochando su fortuna en vicios cuando era joven, y
• acumulando trabajos excesivos que, por suerte, lo hacen inmensamente rico; pero ¿para qué quiere tanta riqueza a los sesenta y ocho años y sin nadie que lo pueda heredar? Además, que los sesenta y ocho años del siglo XVII eran mucho más que los de hoy en día. En tiempos de Cervantes la duración media de la vida no llegaba a los treinta años.

Un elemento más viene a sumarse a la caracterización negativa del personaje: el desprecio con que los españoles castizos, o sea, los cristianos viejos, miraban a los indianos. ¿Por qué razón? Muy simple: los españoles respetables despreciaban el dinero y el trabajo y recelaban de aquellos que vivían de su esfuerzo y de sus ganancias, a los que consideraban judíos o conversos. En el siglo XVII era proverbial la frase: «Más ancho que una conciencia en las Indias». Porque los españoles que pasaban al Nuevo Mundo solían ser desesperados de la suerte y, en general, de lo peorcito de cada casa.

Nuestro personaje decide casarse y se prenda de la belleza de una niña y, con el consentimiento de los padres, se casa, más que con ella, contra ella. Como la araña teje sus hilos para cazar moscas a base de sus propios jugos, así Carrizales construye una casa con todos los lujos, pero con una sola limitación: la falta de libertad. La trampa construida para impedirle cualquier asomo de rebeldía a Leonora, termina por ser la trampa en la que el astuto cazador es cazado.

Es magistral la pintura del ambiente de la casa cerrada por estos motivos:

Cuando una casa se halla cerrada y la sabemos habitada, inmediatamente se pone en marcha el mecanismo de la curiosidad: hay que saber lo que pasa dentro.

Las encerradas (una vez se ha abierto una rendija que comunica con la calle) quieren satisfacer sus deseos reprimidos, de todo tipo.

Y la solidaridad de todos tiene más ojos y más manos para engañar al carcelero que éste llaves y cerrojos.

Ese clima de la casa cerrada es el antecedente de una gran obra del teatro del siglo XX: *La casa de Bernarda Alba* de García Lorca. Bernarda, encarnación simbólica de la España autoritaria y trágica, se encierra con sus cinco hijas para guardar el luto del marido muerto. Durante ocho años nada ni nadie deben perturbar el clima de falsa honorabilidad de la casa.

También un poeta del que se ha celebrado recientemente el centenario de su nacimiento, Rafael Alberti, tomó el motivo de una joven encerrada en una casa de Rute (Córdoba) en su obra teatral *El adefesio* y en su poemario *El alba del alhelí*. Un paso más allá y nos encontramos con el infierno de Jean-Paul Sartre, *A puerta cerrada*. Los personajes sartrianos crean el infierno para los otros a base del espionaje constante que, por añadidura, no tiene necesidad de descanso: en la eternidad no se duerme.

Para terminar anotaré el descabellado propósito del amo de la casa que se ve en detalles caricaturescos que, a un tiempo, piden burla y venganza: ¿a quién se le puede ocurrir que en la casa no pueda haber siquiera animales machos y que, incluso, las pinturas de las salas tengan que ser de hembras o de flores?

Esta edición

El texto de estas dos novelas sigue fielmente el que ha sido fijado recientemente por Cátedra Áurea; la modernización de las grafías hace que el lector medio —sea estudiante o no— no se tropiece con dificultades innecesarias.

Las dos obras que aquí se editan pertenecen a las *Novelas ejemplares* que se publicaron en 1613, dos años antes de la aparición de la segunda parte de *El Quijote* y tres años antes de la muerte del novelista.

La lista ordenada de las *Novelas ejemplares* sirve de puente a la lectura:

La gitanilla, El amante liberal, Rinconete y Cortadillo, La española inglesa, El licenciado Vidriera, La fuerza de la sangre, El celoso extremeño, La ilustre fregona, Las dos doncellas, La señora Cornelia, El casamiento engañoso y *El coloquio de los perros.*

Si Cervantes no hubiera escrito *El Quijote*, debería haber sido famoso al menos por haber compuesto estas novelas: *Rinconete y Cortadillo, El casamiento engañoso, El coloquio de los perros* (pintura de una sociedad corrompida) *y El celoso extremeño,* por el drama de la incomunicación amorosa, que se apoya en la desconfianza y en los celos que, por desgracia, no pertenecen al pasado, sino que son muy de hoy y, seguro, que también de mañana.

La fuerza de la sangre

Una noche de las calurosas del verano, volvían de recrearse del río en Toledo un anciano hidalgo con su mujer, un niño pequeño, una hija de edad de dieciséis años y una criada. La noche era clara; la hora, las once; el camino, solo, y el paso, tardo, por no pagar con cansancio la pensión que traen consigo las holguras que en el río o en la vega se toman en Toledo.

Con la seguridad que promete la mucha justicia y bien inclinada gente de aquella ciudad, venía el buen hidalgo con su honrada familia, lejos de pensar en desastre que sucederles pudiese. Pero, como las más de las desdichas que vienen no se piensan, contra todo su pensamiento les sucedió una que les turbó la holgura y les dio que llorar muchos años.

Hasta veintidós tendría un caballero de aquella ciudad a quien la riqueza, la sangre ilustre, la inclinación torcida, la libertad demasiada y las compañías libres, le hacían hacer cosas y tener atrevimientos que desdecían de su calidad y le daban renombre de atrevido. Este caballero, pues (que por ahora, por buenos respetos, encubriendo su nombre, le llamaremos con el de Rodolfo), con otros cuatro amigos suyos, todos mozos, todos alegres y todos insolentes, bajaba por la misma cuesta que el hidalgo subía.

Encontráronse los dos escuadrones: el de las ovejas con el de los lobos; y, con deshonesta desenvoltura, Rodolfo y sus camaradas, cubiertos los rostros, miraron los de la madre y de la hija y de la criada. Alborotose el viejo y reprocholes y afeoles su atrevimiento. Ellos le respondieron con muecas y burla y, sin desmandarse a más, pasaron adelante. Pero la mucha hermosura del rostro que había visto Rodolfo, que era el de Leocadia, que así quieren que se llamase la hija del hidalgo, comenzó de tal manera a imprimírsele en la memoria, que le llevó tras sí la voluntad y despertó en él un deseo de gozarla a pesar de todos los inconvenientes que sucederle pudiesen. Y en un instante comunicó su pensamiento con sus camaradas, y en otro instante se resolvieron de volver y robarla, por dar gusto a Rodolfo; que siempre los ricos que dan en liberales hallan quien canonice sus desafueros y califique por buenos sus malos gustos. Y, así, el nacer el mal propósito, el comunicarle y el aprobarle y el determinarse de robar a Leocadia y el robarla, casi todo fue en un punto.

Pusiéronse los pañizuelos en los rostros y, desenvainadas las espadas, volvieron y a pocos pasos alcanzaron a los que no habían acabado de dar gracias a Dios, que de las manos de aquellos atrevidos les había librado.

Arremetió Rodolfo con Leocadia y, cogiéndola en brazos, dio a huir con ella, la cual no tuvo fuerzas para defenderse, y el sobresalto le quitó la voz para quejarse y aun la luz de los ojos, pues, desmayada y sin sentido, no vio quién la llevaba ni adónde la llevaban. Dio voces su padre, gritó su madre, lloró su hermanico, arañose la criada; pero ni las voces fueron oídas ni los gritos escuchados, ni movió a compasión el llanto, ni los araños fueron de provecho alguno, porque todo lo cubría la soledad del lugar y el callado silencio de la noche y las crueles entrañas de los malhechores.

Finalmente, alegres se fueron los unos y tristes se quedaron los otros. Rodolfo llegó a su casa sin impedimento alguno, y los padres de Leocadia llegaron a la suya lastimados, afligidos y desesperados: ciegos, sin los ojos de su hija, que eran la lumbre de los suyos; solos, porque Leocadia era su dulce y agradable compañía; confusos, sin saber si sería bien dar noticia de su desgracia a la justicia, temerosos no fuesen ellos el principal instrumento de publicar su deshonra. Veíanse necesitados de favor, como hidalgos pobres. No sabían de quién quejarse, sino de su corta ventura. Rodolfo, en tanto, sagaz y astuto, tenía ya en su casa y en su aposento a Leocadia; a la cual, puesto que sintió que iba desmayada cuando la llevaba, la había cubierto los ojos con un pañuelo, porque no viese las calles por donde la llevaba ni la casa ni el aposento donde estaba; en el cual, sin ser visto de nadie, a causa que él tenía un cuarto aparte en la casa de su padre, que aún vivía, y tenía de su estancia la llave y las de todo el cuarto (inadvertencia de padres que quieren tener sus hijos recogidos), antes que de su desmayo volviese Leocadia había cumplido su deseo Rodolfo; que los ímpetus no castos de la mocedad pocas veces o ninguna reparan en comodidades y requisitos que más los inciten y levanten. Ciego de la luz del entendimiento, a oscuras robó la mejor prenda de Leocadia; y, como los pecados de la sensualidad por la mayor parte no tiran más allá la barra[1] del término del cumplimiento de ellos, quisiera luego Rodolfo que de allí desapareciera Leocadia, y le vino a la imaginación de ponerla en la calle, así desmayada como estaba. Y, yéndolo a poner en obra, sintió que volvía en sí, diciendo:

—¿Adónde estoy, desdichada? ¿Qué oscuridad es ésta, qué tinieblas me rodean? ¿Estoy en el limbo de mi inocencia o en el infierno de mis culpas? ¡Jesús!, ¿quién me toca? ¿Yo en cama, yo lastimada? ¿Escúchasme, madre y señora mía? ¿Óyesme, querido padre? ¡Ay sin ventura de mí, que bien advierto que mis padres no me escuchan y que mis enemigos me tocan! Venturosa sería yo si esta oscuridad durase para siempre, sin que mis ojos volviesen a ver la luz del mundo, y que este lugar donde ahora estoy, cualquiera que él se fuese, sirviese de sepultura a mi honra, pues es

---

[1] *barra:* juego en el que vence el que tira una barra más lejos.

mejor la deshonra que se ignora que la honra que está puesta en opinión de las gentes. Ya me acuerdo (¡que yo nunca me acordara!) que ha poco que venía en la compañía de mis padres; ya me acuerdo que me saltearon, ya me imagino y veo que no es bien que me vean las gentes. ¡Oh tú, cualquiera que seas, que aquí estás comigo (y en esto tenía asido de las manos a Rodolfo), si es que tu alma admite género de ruego alguno, te ruego que, ya que has triunfado de mi fama, triunfes también de mi vida! ¡Quítamela al momento, que no es bien que la tenga la que no tiene honra! ¡Mira que el rigor de la crueldad que has usado conmigo en ofenderme se templará con la piedad que usarás en matarme; y, así, en un mismo punto, vendrás a ser cruel y piadoso!

Confuso dejaron las razones de Leocadia a Rodolfo; y, como mozo poco experimentado, ni sabía qué decir ni qué hacer, cuyo silencio admiraba más a Leocadia, la cual con las manos procuraba desengañarse si era fantasma o sombra el que con ella estaba. Pero, como tocaba cuerpo y se le acordaba de la fuerza que se le había hecho, viniendo con sus padres, caía en la verdad del cuento de su desgracia. Y con este pensamiento tornó a anudar las razones que los muchos sollozos y suspiros habían interrumpido, diciendo:

—Atrevido mancebo, que de poca edad hacen tus hechos que te juzgue, yo te perdono la ofensa que me has hecho con solo que me prometas y jures que, como la has cubierto con esta oscuridad, la cubrirás con perpetuo silencio sin decirla a nadie. Poca recompensa te pido de tan grande agravio, pero para mí será la mayor que yo sabré pedirte ni tú querrás darme. Advierte en que yo nunca he visto tu rostro, ni quiero vértele; porque, ya que se me acuerde de mi ofensa, no quiero acordarme de mi ofensor ni guardar en la memoria la imagen del autor de mi daño. Entre mí y el cielo pasarán mis quejas, sin querer que las oiga el mundo, el cual no juzga por los sucesos las cosas, sino conforme a él se le asienta en la estimación. No sé cómo te digo estas verdades, que se suelen fundar en la experiencia de muchos casos y en el discurso de muchos años, no llegando los míos a diecisiete; por do me doy a entender que el dolor de una misma manera ata y desata la lengua del afligido: unas veces exagerando su mal, para que se le crean, otras veces no diciéndole, porque no se le remedien. De cualquier manera, que yo calle o hable, creo que he de moverte a que me creas o que me remedies, pues el no creerme será ignorancia, y el no remediarme, imposible de tener algún alivio. No quiero desesperarme, porque te costará poco el dármele; y es este: mira, no aguardes ni confíes que el discurso del tiempo temple la justa saña que contra ti tengo, ni quieras amontonar los agravios: mientras menos me gozares, y habiéndome ya gozado, menos se encenderán tus malos deseos. Haz cuenta que me ofendiste por accidente, sin dar lugar a ningún buen discurso; yo la haré de que no nací en el mundo o que, si nací, fue para ser desdichada. Ponme luego en la calle, o a lo menos junto a la iglesia mayor, porque desde allí bien sabré volverme a mi casa; pero también has de jurar de no seguirme, ni saberla, ni preguntarme el nombre de mis padres, ni el mío, ni el de mis parientes, que, a ser tan ricos como nobles, no fueran en mí tan desdichados. Respóndeme a esto; y si temes que te pueda conocer en el habla, hágote saber que, fuera de mi padre y de mi confesor, no he hablado con hombre alguno en mi vida, y a pocos he oído hablar con tanta comunicación que pueda distinguirles por el sonido del habla.

La respuesta que dio Rodolfo a las discretas razones de la lastimada Leocadia no fue otra que abrazarla, dando muestras que quería volver a confirmar en él su gusto y en ella su deshonra. Lo cual visto por Leocadia, con más fuerzas de las que su tierna edad prometían, se defendió con los pies, con las manos, con los dientes y con la lengua, diciéndole:

—Haz cuenta, traidor y desalmado hombre, quienquiera que seas, que los despojos que de mí has llevado son los que pudiste tomar de un tronco o de una columna sin sentido, cuyo vencimiento y triunfo ha de redundar en tu infamia y menosprecio. Pero el que ahora pretendes no le has de alcanzar sino con mi muerte. Desmayada me pisaste y aniquilaste; mas, ahora que tengo bríos, antes podrás matarme que vencerme: que si ahora, despierta, sin resistencia concediese con tu abominable gusto, podrías imaginar que mi desmayo fue fingido cuando te atreviste a destruirme.

Finalmente, tan gallarda y porfiadamente se resistió Leocadia, que las fuerzas y los deseos de Rodolfo se enflaquecieron; y, como la insolencia que con Leocadia había usado no tuvo otro principio que de un ímpetu lascivo, del cual nunca nace el verdadero amor, que permanece, en lugar del ímpetu, que se pasa, queda, si no el arrepentimiento, a lo menos una tibia voluntad de secundarle. Frío, pues, y cansado Rodolfo, sin hablar palabra alguna, dejó a Leocadia en su cama y en su casa; y, cerrando el aposento, se fue a buscar a sus camaradas para aconsejarse con ellos de lo que hacer debía.

Sintió Leocadia que quedaba sola y encerrada; y, levantándose del lecho, anduvo todo el aposento, tentando las paredes con las manos, por ver si hallaba puerta por do irse o ventana por do arrojarse. Halló la puerta, pero bien cerrada, y topó una ventana que pudo abrir, por donde entró el resplandor de la luna, tan claro, que pudo distinguir Leocadia los colores de unos damascos que el aposento adornaban. Vio que era dorada la cama, y tan ricamente compuesta que más parecía lecho de príncipe que de algún particular caballero. Contó las sillas y los escritorios; notó la parte donde la puerta estaba y, aunque vio pendientes de las paredes algunas tablas, no pudo alcanzar a ver las pinturas que contenían. La ventana era grande, guarnecida y guardada de una gruesa reja; la vista caía a un jardín que también se cerraba con paredes altas; dificultades que se opusieron a la intención que de arrojarse a la calle tenía. Todo lo que vio y notó de la capacidad y ricos adornos de aquella estancia le dio a entender que el dueño de ella debía de ser hombre principal y rico, y no comoquiera, sino aventajadamente. En un escritorio, que estaba junto a la ventana, vio un crucifijo pequeño, todo de plata, el cual tomó y se le puso en la manga de la ropa, no por devoción ni por hurto, sino llevada de un discreto designio suyo. Hecho esto, cerró la ventana como antes estaba y volviose al lecho, esperando qué fin tendría el mal principio de su suceso.

No habría pasado, a su parecer, media hora, cuando sintió abrir la puerta del aposento y que a ella se llegó una persona; y, sin hablarle palabra, con un pañuelo le vendó los ojos y, tomándola del brazo, la sacó fuera de la estancia, y sintió que volvía a cerrar la puerta. Esta persona era Rodolfo, el cual, aunque había ido a buscar a sus camaradas, no quiso hallarlos, pareciéndole que no le estaba bien hacer testigos de lo que con aquella doncella había pasado; antes, se resolvió en decirles que, arrepentido del mal hecho y movido de sus lágrimas, la había dejado en la mitad del camino. Con este acuerdo volvió tan presto a poner a Leocadia junto a la iglesia mayor, como ella se lo había pedido, antes que amaneciese y el día le estorbase de echarla y le forzase a tenerla en su aposento hasta la noche venidera, en el cual espacio de tiempo ni él quería volver a usar de sus fuerzas ni dar ocasión a ser conocido. Llevola, pues, hasta la plaza que llaman del Ayuntamiento; y allí, en voz trocada y en lengua medio portuguesa y castellana, le dijo que seguramente podía irse a su casa, porque de nadie sería seguida; y, antes que ella tuviese lugar de quitarse el pañuelo, ya él se había puesto en parte donde no pudiese ser visto.

Quedó sola Leocadia, quitose la venda, reconoció el lugar donde la dejaron. Miró a todas partes, no vio a persona; pero, sospechosa que desde lejos la siguiesen, a cada paso se detenía, dándolos hacia su casa, que no muy lejos de allí estaba. Y, por desmentir los espías, si acaso la seguían, se entró en una casa que halló abierta y de allí a poco se fue a la suya, donde halló a sus padres atónitos y sin desnudarse y aun sin tener pensamiento de tomar descanso alguno.

Cuando la vieron, corrieron a ella con brazos abiertos, y con lágrimas en los ojos la recibieron. Leocadia, llena de sobresalto y alboroto, hizo a sus padres que se retirasen con ella aparte, como lo hicieron; y allí, en breves palabras, les dio cuenta de todo su desastrado suceso, con todas las circunstancias de él y de la ninguna noticia que traía del salteador y robador de su honra. Díjoles lo que había visto en el teatro donde se representó la tragedia de su desventura: la ventana, el jardín, la reja, los escritorios, la cama, los damascos; y a lo último les mostró el crucifijo que había traído, ante cuya imagen se renovaron las lágrimas, se hicieron deprecaciones, se pidieron venganzas y desearon milagrosos castigos. Dijo asimismo que, aunque ella no deseaba venir en conocimiento de su ofensor, que si a sus padres les parecía ser bien conocerle, que por medio de aquella imagen podrían, haciendo que los sacristanes dijesen en los púlpitos de todas las parroquias de la ciudad que el que hubiese perdido tal imagen la hallaría en poder del religioso que ellos señalasen; y que así, sabiendo el dueño de la imagen, se sabría la casa y aun la persona de su enemigo.

A esto replicó el padre:

—Bien habrías dicho, hija, si la malicia ordinaria no se opusiera a tu discreto discurso, pues está claro que esta imagen hoy, en este día, se ha de echar de menos en el aposento que dices, y el dueño de ella ha de tener por cierto que la persona que con él estuvo se la llevó; y, de llegar a su noticia que la tiene algún religioso, antes ha de servir de conocer quién se la dio al tal que la tiene, que no de declarar el dueño que la perdió, porque puede hacer que venga por ella otro a quien el dueño haya dado las señas. Y, siendo esto así, antes quedaremos confusos que informados; puesto que podamos usar del mismo artificio que sospechamos, dándola al religioso por tercera persona. Lo que has de hacer, hija, es guardarla y encomendarte a ella; que, pues ella fue testigo de tu desgracia, permitirá que haya juez que vuelva por tu justicia. Y advierte, hija, que más lastima una onza de deshonra pública que una arroba de infamia secreta. Y, pues puedes vivir honrada con Dios en público, no te pene de estar deshonrada contigo en secreto: la verdadera deshonra está en el pecado, y la verdadera honra en la virtud; con el dicho, con el deseo y con la obra se ofende a Dios; y, pues tú, ni en dicho ni en pensamiento ni en hecho le has ofendido, tente por honrada, que yo por tal te tendré, sin que jamás te mire sino como verdadero padre tuyo.

Con estas prudentes razones consoló su padre a Leocadia y, abrazándola de nuevo su madre, procuró también consolarla. Ella gimió y lloró de nuevo, y se redujo a cubrir la cabeza, como dicen, y a vivir recogidamente debajo del amparo de sus padres, con vestido tan honesto como pobre.

Rodolfo, en tanto, vuelto a su casa, echando de menos la imagen del crucifijo, imaginó quién podía haberla llevado; pero no se le dio nada, y, como rico, no hizo cuenta de ello, ni sus padres se la pidieron cuando de allí a tres días, que él se partió a Italia, entregó por cuenta a una camarera de su madre todo lo que en el aposento dejaba.

Muchos días había que tenía Rodolfo determinado de pasar a Italia; y su padre, que había estado en ella, se lo persuadía, diciéndole que no eran caballeros los que solamente lo eran en su patria, que era menester serlo también en las ajenas. Por estas y otras razones, se dispuso la voluntad de Rodolfo de cumplir la de su padre, el cual le dio crédito de muchos dineros para Barcelona, Génova, Roma y Nápoles; y él, con dos de sus camaradas, se partió luego, goloso de lo que había oído decir a algunos soldados de la abundancia de las hosterías de Italia y Francia, y de la libertad que en los alojamientos tenían los españoles. Sonábale bien aquel

Eco li buoni polastri, picioni, presuto e salcicie[2], con otros nombres de este jaez, de quien los soldados se acuerdan cuando de aquellas partes vienen a estas y pasan por la estrecheza e incomodidades de las ventas y mesones de España. Finalmente, él se fue con tan poca memoria de lo que con Leocadia le había sucedido, como si nunca hubiera pasado.

Ella, en este entretanto, pasaba la vida en casa de sus padres con el recogimiento posible, sin dejar verse de persona alguna, temerosa que su desgracia se la habían de leer en la frente. Pero a pocos meses vio serle forzoso hacer por fuerza lo que hasta allí de grado hacía. Vio que le convenía vivir retirada y escondida, porque se sintió preñada: suceso por el cual las en algún tanto olvidadas lágrimas volvieron a sus ojos, y los suspiros y lamentos comenzaron de nuevo a herir los vientos, sin ser parte la discreción de su buena madre a consolarla. Voló el tiempo, y llegose el punto del parto, y con tanto secreto, que aun no se osó fiar de la partera; usurpando este oficio la madre, dio a la luz del mundo un niño de los hermosos que pudieran imaginarse. Con el mismo recato y secreto que había nacido, le llevaron a una aldea, donde se crió cuatro años, al cabo de los cuales, con nombre de sobrino, le trajo su abuela a su casa, donde se criaba, si no muy rica, a lo menos muy virtuosamente.

Era el niño (a quien pusieron nombre Luis, por llamarse así su abuelo), de rostro hermoso, de condición mansa, de ingenio agudo y, en todas las acciones que en aquella edad tierna podía hacer, daba señales de ser de algún noble padre engendrado; y de tal manera su gracia, belleza y discreción enamoraron a sus abuelos, que vinieron a tener por dicha la desdicha de su hija por haberles dado tal nieto. Cuando iba por la calle, llovían sobre él

---

[2] He aquí los buenos pollos, los pichones, el jamón y las salchichas.

millares de bendiciones: unos bendecían su hermosura, otros la madre que lo había parido, estos el padre que le engendró, aquellos a quien tan bien criado le criaba. Con este aplauso de los que le conocían y no conocían, llegó el niño a la edad de siete años, en la cual ya sabía leer latín y romance y escribir formada y muy buena letra; porque la intención de sus abuelos era hacerle virtuoso y sabio, ya que no le podían hacer rico; como si la sabiduría y la virtud no fuesen las riquezas sobre quien no tienen jurisdicción los ladrones, ni la que llaman Fortuna.

Sucedió, pues, que un día que el niño fue con un recado de su abuela a una parienta suya, acertó a pasar por una calle donde había carrera de caballeros. Púsose a mirar y, por mejorarse de puesto, pasó de una parte a otra, a tiempo que no pudo huir de ser atropellado de un caballo, a cuyo dueño no fue posible detenerle en la furia de su carrera. Pasó por encima de él y dejole como muerto, tendido en el suelo, derramando mucha sangre de la cabeza. Apenas esto hubo sucedido, cuando un caballero anciano que estaba mirando la carrera, con no vista ligereza se arrojó de su caballo y fue donde estaba el niño; y, quitándole de los brazos de uno que ya le tenía, le puso en los suyos y, sin tener cuenta con sus canas ni con su autoridad, que era mucha, a paso largo se fue a su casa, ordenando a sus criados que le dejasen y fuesen a buscar un cirujano que al niño curase. Muchos caballeros le siguieron, lastimados de la desgracia de tan hermoso niño, porque luego salió la voz que el atropellado era Luisico, el sobrino de tal caballero, nombrando a su abuelo. Esta voz corrió de boca en boca hasta que llegó a los oídos de sus abuelos y de su encubierta madre; los cuales, certificados bien del caso, como desatinados y locos, salieron a buscar a su querido; y por ser tan conocido y tan principal el caballero que le había llevado, muchos de los que encontraron les dijeron su casa, a la cual llegaron a tiempo que ya estaba el niño en poder del cirujano.

El caballero y su mujer, dueños de la casa, pidieron a los que pensaron ser sus padres que no llorasen ni alzasen la voz a quejarse, porque no le sería al niño de ningún provecho. El cirujano, que era famoso, habiéndole curado con grandísimo tiento y maestría, dijo que no era tan mortal la herida como él al principio había temido. En la mitad de la cura volvió Luis en su acuerdo, que hasta allí había estado sin él, y alegrose en ver a sus tíos, los cuales le preguntaron llorando que cómo se sentía. Respondió que bueno, sino que le dolía mucho el cuerpo y la cabeza. Mandó el médico que no hablasen con él, sino que le dejasen reposar. Hízose así, y su abuelo comenzó a agradecer al señor de la casa la gran caridad que con su sobrino había usado. A lo cual respondió el caballero que no tenía qué agradecerle, porque le hacía saber que, cuando vio al niño caído y atropellado, le pareció que había visto el rostro de un hijo suyo, a quien él quería tiernamente, y que esto le movió a tomarle en sus brazos y traerle a su casa, donde estaría todo el tiempo que la cura durase, con el regalo que fuese posible y necesario. Su mujer, que era una noble señora, dijo lo mismo e hizo aun más encarecidas promesas.

Admirados quedaron de tanta cristiandad los abuelos, pero la madre quedó más admirada; porque, habiendo con las nuevas del cirujano sosegádose algún tanto su alborotado espíritu, miró atentamente el aposento donde su hijo estaba y claramente, por muchas señales, conoció que aquella era la estancia donde se había dado fin a su honra y principio a su desventura; y, aunque no estaba adornada de los damascos que entonces tenía, conoció la disposición de ella, vio la ventana de la reja que caía al jardín; y, por estar cerrada a causa del herido, preguntó si aquella ventana respondía a algún jardín, y fuele respondido que sí; pero lo que más conoció fue que aquella era la misma cama que tenía por tumba de su sepultura; y más, que el propio escritorio, sobre el cual estaba la imagen que había traído, se estaba en el mismo lugar.

Finalmente, sacaron a luz la verdad de todas sus sospechas los escalones, que ella había contado cuando la sacaron del aposento tapados los ojos (digo los escalones que había desde allí a la calle, que con advertencia discreta contó). Y, cuando volvió a su casa, dejando a su hijo, los volvió a contar y halló cabal el número. Y, confiriendo unas señales con otras, de todo punto certificó por verdadera su imaginación, de la cual dio por extenso cuenta a su madre, que, como discreta, se informó si el caballero donde su nieto estaba había tenido o tenía algún hijo. Y halló que el que llamamos Rodolfo lo era, y que estaba en Italia; y, tanteando el tiempo que le dijeron que había faltado de España, vio que eran los mismos siete años que el nieto tenía.

Dio aviso de todo esto a su marido, y entre los dos y su hija acordaron de esperar lo que Dios hacía del herido, el cual dentro de quince días estuvo fuera de peligro y a los treinta se levantó; en todo el cual tiempo fue visitado de la madre y de la abuela, y regalado de los dueños de la casa como si fuera su mismo hijo. Y algunas veces, hablando con Leocadia doña Estefanía, que así se llamaba la mujer del caballero, le decía que aquel niño se parecía tanto a un hijo suyo que estaba en Italia, que ninguna vez le miraba que no le pareciese ver a su hijo delante. De estas razones tomó ocasión de decirle una vez, que se halló sola con ella, las que con acuerdo de sus padres había determinado de decirle, que fueron estas u otras semejantes:

—El día, señora, que mis padres oyeron decir que su sobrino estaba tan malparado, creyeron y pensaron que se les había cerrado el cielo y caído todo el mundo a cuestas. Imaginaron que ya les faltaba la lumbre de sus ojos y el báculo de su vejez, faltándoles este sobrino, a quien ellos quieren con amor de tal manera, que con muchas ventajas excede al que suelen tener otros padres a sus hijos. Mas, como decirse suele, que cuando Dios da la llaga da la medicina, la halló el niño en esta casa, y yo en ella el acuerdo de unas memorias que no las podré olvidar mientras la vida me durare. Yo, señora, soy noble porque mis padres lo son y lo han sido todos mis antepasados, que, con una medianía de los bienes de fortuna, han sustentado su honra felizmente dondequiera que han vivido.

Admirada y suspensa estaba doña Estefanía, escuchando las razones de Leocadia, y no podía creer, aunque lo veía, que tanta discreción pudiese encerrarse en tan pocos años, puesto que, a su parecer, la juzgaba por de veinte, poco más o menos. Y, sin decirle ni replicarle palabra, esperó todas las que quiso decirle, que fueron aquellas que bastaron para contarle la travesura de su hijo, la deshonra suya, el robo, el cubrirle los ojos, el traerla a aquel aposento, las señales en que había conocido ser aquel mismo que sospechaba. Para cuya confirmación sacó del pecho la imagen del crucifijo que había llevado, a quien dijo:

—Tú, Señor, que fuiste testigo de la fuerza que se me hizo, sé juez de la enmienda que se me debe hacer. De encima de aquel escritorio te llevé con propósito de acordarte siempre mi agravio, no para pedirte venganza de él, que no la pretendo, sino para rogarte me dieses algún consuelo con que llevar en paciencia mi desgracia.

»Este niño, señora, con quien habéis mostrado el extremo de vuestra caridad, es vuestro verdadero nieto. Permisión fue del cielo el haberle atropellado, para que, trayéndole a vuestra casa, hallase yo en ella, como espero que he de hallar, si no el remedio que mejor convenga y cuando no con mi desventura, a lo menos el medio con que pueda sobrellevarla.

Diciendo esto, abrazada con el crucifijo, cayó desmayada en los brazos de Estefanía, la cual, en fin, como mujer y noble, en quien la compasión y misericordia suele ser tan natural como la crueldad en el hombre, apenas vio el desmayo de Leocadia, cuando juntó su rostro con el suyo, derramando sobre él tantas lágrimas que no fue menester esparcirle otra agua encima para que Leocadia en sí volviese.

Estando las dos de esta manera, acertó a entrar el caballero marido de Estefanía, que traía a Luisico de la mano; y, viendo el llanto de Estefanía y el desmayo de Leocadia, preguntó a gran prisa le dijesen la causa de do procedía. El niño abrazaba a su madre por su prima y a su abuela por su bienhechora, y asimismo preguntaba por qué lloraban.

—Grandes cosas, señor, hay que deciros —respondió Estefanía a su marido—, cuyo remate se acabará con deciros que hagáis cuenta que esta desmayada es hija vuestra y este niño vuestro nieto. Esta verdad que os digo me ha dicho esta niña, y la ha confirmado y confirma el rostro de este niño, en el cual entrambos habemos visto el de nuestro hijo.

—Si más no os declaráis, señora, yo no os entiendo —replicó el caballero.

En esto volvió en sí Leocadia y, abrazada del crucifijo, parecía estar convertida en un mar de llanto. Todo lo cual tenía puesto en gran confusión al caballero, de la cual salió contándole su mujer todo aquello que Leocadia le había contado; y él lo creyó, por divina permisión del cielo, como si con muchos y verdaderos testigos se lo hubieran probado. Consoló y abrazó a Leocadia, besó a su nieto, y aquel mismo día despacharon un correo a Nápoles, avisando a su hijo se viniese luego, porque le tenían concertado casamiento con una mujer hermosa sobremanera y tal cual para él convenía. No consintieron que Leocadia ni su hijo volviesen más a la casa de sus padres, los cuales, contentísimos del buen suceso de su hija, daban sin cesar infinitas gracias a Dios por ello.

Llegó el correo a Nápoles, y Rodolfo, con la golosina de gozar tan hermosa mujer como su padre le significaba, de allí a dos días que recibió la carta, ofreciéndosele ocasión de cuatro galeras que estaban a punto de venir a España, se embarcó en ellas con sus dos camaradas, que aún no le habían dejado, y con próspero suceso en doce días llegó a Barcelona y de allí, por la posta[3], en otros siete se puso en Toledo y entró en casa de su padre, tan galán y tan bizarro, que los extremos de la gala y de la bizarría estaban en él todos juntos.

Alegráronse sus padres con la salud y bienvenida de su hijo. Suspendiose Leocadia, que de parte escondida le miraba, por no salir de la traza y orden que doña Estefanía le había dado. Los camaradas de Rodolfo quisieran irse a sus casas luego, pero no lo consintió Estefanía por haberlos menester para su designio. Estaba cerca la noche cuando Rodolfo llegó, y, en tanto que se aderezaba la cena, Estefanía llamó aparte a los camaradas de su hijo, creyendo, sin duda alguna, que ellos debían de ser los dos de los tres que Leocadia había dicho que iban con Rodolfo la noche que la robaron, y con grandes ruegos les pidió le dijesen si se acordaban que su hijo había robado a una mujer tal noche, tanto años había; porque el saber la verdad de esto importaba la honra y el sosiego de todos sus parientes. Y con tales y tantos encarecimientos se lo supo rogar y de tal manera les asegurar que de descubrir este robo no les podía suceder daño alguno, que ellos tuvieron por bien de confesar ser verdad que una noche de verano, yendo ellos dos y otro amigo con Rodolfo, robaron en la misma que ella señalaba a una muchacha, y que Rodolfo se había venido con ella, mientras ellos detenían a la gente de su familia, que con voces la querían defender, y que otro día les había dicho Rodolfo que la había llevado a su casa; y sólo esto era lo que podían responder a lo que les preguntaban.

La confesión de estos dos fue echar la llave a todas las dudas que en tal caso le podían ofrecer; y, así, determinó de llevar al cabo su buen pensamiento, que fue este: poco antes que se senta-

---

[3] *por la posta:* en caballerías suministradas en el camino.

sen a cenar, se entró en un aposento a solas su madre con Rodolfo y, poniéndole un retrato en las manos, le dijo:

—Yo quiero, Rodolfo hijo, darte una gustosa cena con mostrarte a tu esposa: este es su verdadero retrato, pero quiérote advertir que lo que le falta de belleza le sobra de virtud; es noble y discreta y medianamente rica, y, pues tu padre y yo te la hemos escogido, asegúrate que es la que te conviene.

Atentamente miró Rodolfo el retrato y dijo:

—Si los pintores, que ordinariamente suelen ser pródigos de la hermosura con los rostros que retratan, lo han sido también con este, sin duda creo que el original debe de ser la misma fealdad. A la fe, señora y madre mía, justo es y bueno que los hijos obedezcan a sus padres en cuanto les mandaren; pero también es conveniente, y mejor, que los padres den a sus hijos el estado de que más gustaren. Y, pues el del matrimonio es nudo que no le desata sino la muerte, bien será que sus lazos sean iguales y de unos mismos hilos fabricados. La virtud, la nobleza, la discreción y los bienes de la fortuna bien pueden alegrar el entendimiento de aquel a quien le cupieron en suerte con su esposa; pero que la fealdad de ella alegre los ojos del esposo, paréceme imposible. Mozo soy, pero bien se me entiende que se compadece con el sacramento del matrimonio el justo y debido deleite que los casados gozan y que, si él falta, cojea el matrimonio y desdice de su segunda intención. Pues pensar que un rostro feo, que se ha de tener a todas horas delante de los ojos, en la sala, en la mesa y en la cama, pueda deleitar, otra vez digo que lo tengo por casi imposible. Por vida de vuestra merced, madre mía, que me dé compañera que me entretenga y no enfade; porque, sin torcer a una o a otra parte, igualmente y por camino derecho llevemos ambos a dos el yugo donde el cielo nos pusiere. Si esta señora es noble, discreta y rica, como vuestra merced dice, no le faltará esposo que sea de diferente humor que el mío: unos hay que buscan nobleza, otros discreción, otros dineros y otros hermosura; y yo soy de estos últimos. Porque nobleza, gracias al cielo y a mis pasados y a mis padres, ellos me la dejaron por herencia; discreción, como una mujer no sea necia, tonta o boba, bástale que ni por aguda despunte ni por boba no aproveche; de las riquezas, también las de mis padres me hacen no estar temeroso de venir a ser pobre. La hermosura busco, la belleza quiero, no con otra dote que con la de la honestidad y buenas costumbres; que, si esto trae mi esposa, yo serviré a Dios con gusto y daré buena vejez a mis padres.

Contentísima quedó su madre de las razones de Rodolfo, por haber conocido por ellas que iba saliendo bien con su designio. Respondiole que ella procuraría casarle conforme su deseo, que no tuviese pena alguna, que era fácil deshacerse los conciertos que de casarle con aquella señora estaban hechos. Agradecióselo Rodolfo, y, por ser llegada la hora de cenar, se fueron a la mesa. Y, habiéndose ya sentado a ella el padre y la madre, Rodolfo y sus dos camaradas, dijo doña Estefanía al descuido:

—¡Pecadora de mí, y qué bien trato a mi huéspeda! Andad vos —dijo a un criado—, decid a la señora doña Leocadia que, sin entrar en cuentas con su mucha honestidad, nos venga a honrar esta mesa, que los que a ella están todos son mis hijos y sus servidores.

Todo esto era traza suya, y de todo lo que había de hacer estaba avisada y advertida Leocadia. Poco tardó en salir Leocadia y dar de sí la improvisa y más hermosa muestra que pudo dar jamás compuesta y natural hermosura.

Venía vestida, por ser invierno, de una saya entera de terciopelo negro, llovida de botones de oro y perlas, cintura y collar de diamantes. Sus mismos cabellos, que eran luengos y no demasiado rubios, le servían de adorno y tocas, cuya invención de lazos y rizos y vislumbres de diamantes que con ellos se entretejían, turbaban la luz de los ojos que los miraban. Era Leocadia de gentil disposición y brío; traía de la mano a su hijo, y delante de ella venían dos doncellas, alumbrándola con dos velas de cera en dos candeleros de plata.

Levantáronse todos a hacerla reverencia, como si fuera alguna cosa del cielo que allí milagrosamente se había aparecido. Ninguno de los que allí estaban embebecidos mirándola parece que, de atónitos, no acertaron a decirle palabra. Leocadia, con airosa gracia y discreta crianza, se humilló a todos; y, tomándola de la mano Estefanía, la sentó junto a sí, frontero de Rodolfo. Al niño sentaron junto a su abuelo.

Rodolfo, que desde más cerca miraba la incomparable belleza de Leocadia, decía entre sí: «Si la mitad de esta hermosura tuviera la que mi madre me tiene escogida por esposa, tuviérame yo por el más dichoso hombre del mundo. ¡Válgame Dios! ¿Qué es esto que veo? ¿Es por ventura algún ángel humano el que estoy mirando?». Y en esto, se le iba entrando por los ojos a tomar posesión de su alma la hermosa imagen de Leocadia, la cual, en tanto que la cena venía, viendo también tan cerca de sí al que ya quería más que a la luz de sus ojos, con que alguna vez a hurto le miraba, comenzó a revolver en su imaginación lo que con Rodolfo había pasado. Comenzaron a enflaquecerse en su alma las esperanzas que de ser su esposo su madre le había dado, temiendo que a la cortedad de su ventura habían de corresponder las promesas de su madre. Consideraba cuán cerca estaba de ser dichosa o sin dicha para siempre. Y fue la consideración tan intensa y los pensamientos tan revueltos, que le apretaron el corazón de manera que comenzó a sudar y a perderse de color en un punto, sobreviniéndole un desmayo que la forzó a reclinar la cabeza en los brazos de doña Estefanía, que, como así la vio, con turbación la recibió en ellos.

Sobresaltáronse todos y, dejando la mesa, acudieron a remediarla. Pero el que dio más muestras de sentirlo fue Rodolfo, pues por llegar presto a ella tropezó y cayó dos veces. Ni por desabrocharla ni echarla agua en el rostro volvía en sí; antes, el levantado pecho y el pulso, que no se le hallaban, iban dando precisas señales de su muerte; y las criadas y criados de casa, como menos considerados, dieron voces y la publicaron por muerta. Estas amargas nuevas llegaron a los oídos de los padres de Leocadia, que para más gustosa ocasión los tenía doña Estefanía escondidos. Los cuales, con el cura de la parroquia, que asimismo con ellos estaba, rompiendo el orden de Estefanía, salieron a la sala.

Llegó el cura presto, por ver si por algunas señales daba indicios de arrepentirse de sus pecados, para absolverla de ellos; y donde pensó hallar un desmayado halló dos, porque ya estaba Rodolfo puesto el rostro sobre el pecho de Leocadia. Diole su madre lugar que a ella llegase, como a cosa que había de ser suya; pero, cuando vio que también estaba sin sentido, estuvo a pique de perder el suyo, y le perdiera si no viera que Rodolfo tornaba en sí, como volvió, corrido de que le hubiesen visto hacer tan extremados extremos.

Pero su madre, casi como adivina de lo que su hijo sentía, le dijo:

—No te corras[4], hijo, de los extremos que has hecho, sino córrete de los que no hicieres cuando sepas lo que no quiero tenerte más encubierto, puesto que pensaba dejarlo hasta más alegre coyuntura. Has de saber, hijo de mi alma, que esta desmayada que en los brazos tengo es tu verdadera esposa: llamo verdadera porque yo y tu padre te la teníamos escogida, que la del retrato es falsa.

Cuando esto oyó Rodolfo, llevado de su amoroso y encendido deseo y quitándole el nombre de esposo todos los estorbos que la honestidad y decencia del lugar le podían poner, se abalanzó al rostro de Leocadia y, juntando su boca con la de ella, estaba como esperando que se le saliese el alma para darle acogida en la suya.

---

[4] *No te corras:* no te avergüences.

Pero, cuando más las lágrimas de todos por lástima crecían, y por dolor las voces se aumentaban, y los cabellos y barbas de la madre y padre de Leocadia arrancados venían a menos, y los gritos de su hijo penetraban los cielos, volvió en sí Leocadia, y con su vuelta volvió la alegría y el contento que de los pechos de los circunstantes se había ausentado.

Hallose Leocadia entre los brazos de Rodolfo y quisiera con honesta fuerza desasirse de ellos; pero él le dijo:

—No, señora, no ha de ser así. No es bien que pugnéis por apartaros de los brazos de aquel que os tiene en el alma.

A esta razón acabó de todo en todo de cobrar Leocadia sus sentidos y acabó doña Estefanía de no llevar más adelante su determinación primera, diciendo al cura que luego luego desposase a su hijo con Leocadia. Él lo hizo así, que por haber sucedido este caso en tiempo cuando con sola la voluntad de los contrayentes, sin las diligencias y prevenciones justas y santas que ahora se usan, quedaba hecho el matrimonio, no hubo dificultad que impidiese el desposorio. El cual hecho, déjese a otra pluma y otro ingenio más delicado que el mío el contar la alegría universal de todos los que en él se hallaron: los abrazos que los padres de Leocadia dieron a Rodolfo, las gracias que dieron al cielo y a sus padres, los ofrecimientos de las partes, la admiración de los camaradas de Rodolfo, que tan impensadamente vieron la misma noche de su llegada tan hermoso desposorio, y más cuando supieron, por contarlo delante de todos doña Estefanía, que Leocadia era la doncella que en su compañía su hijo había robado, de que no menos suspenso quedó Rodolfo. Y, por certificarse más de aquella verdad, preguntó a Leocadia le dijese alguna señal por donde viniese en conocimiento entero de lo que no dudaba, por parecerles que sus padres lo tendrían bien averiguado. Ella respondió:

—Cuando yo recordé y volví en mí de otro desmayo, me hallé, señor, en vuestros brazos sin honra; pero yo lo doy por bien empleado, pues, al volver del que ahora he tenido, asimismo me hallé en los brazos de entonces, pero honrada. Y si esta señal no basta, baste la de una imagen de un crucifijo que nadie os la pudo hurtar sino yo, si es que por la mañana le echasteis de menos y si es el mismo que tiene mi señora.

—Vos lo sois de mi alma y lo seréis los años que Dios ordenare, bien mío.

Y, abrazándola de nuevo, de nuevo volvieron las bendiciones y parabienes que les dieron.

Vino la cena, y vinieron músicos que para esto estaban prevenidos. Viose Rodolfo a sí mismo en el espejo del rostro de su hijo; lloraron sus cuatro abuelos de gusto; no quedó rincón en toda la casa que no fuese visitado con júbilo, del contento y de la alegría. Y, aunque la noche volaba con sus ligeras y negras alas, le parecía a Rodolfo que iba y caminaba no con alas, sino con muletas: tan grande era el deseo de verse a solas con su querida esposa.

Llegose, en fin, la hora deseada, porque no hay fin que no le tenga. Fuéronse a acostar todos, quedó toda la casa sepultada en silencio, en el cual no quedará la verdad de este cuento, pues no lo consentirán los muchos hijos y la ilustre descendencia que en Toledo dejaron, y ahora viven, estos dos venturosos desposados, que muchos y felices años gozaron de sí mismos, de sus hijos y de sus nietos, permitido todo por el cielo y por la fuerza de la sangre, que vio derramada en el suelo el valeroso, ilustre y cristiano abuelo de Luisico.

El celoso extremeño

Pequeña lista de prendas de vestir
Antes de numerar las notas que permitan entender mejor esta novela, abramos el vestidor que contiene las prendas que llevan los protagonistas:

Leonora, antes de casarse, vestía saya de raja (falda de paño grueso) y una ropilla de tafetán: blusa de seda, con mangas sueltas.

Loaysa vestía greguescos de tafetán leonado (calzones anchos de seda amarillo oscuro), un jubón (vestido ceñido que iba de los hombros a la cintura) y una montera: gorro de raso.

No ha muchos años que de un lugar de Extremadura salió un hidalgo, nacido de padres nobles, el cual, como un otro Pródigo[1], por diversas partes de España, Italia y Flandes anduvo gastando así los años como la hacienda; y, al fin de muchas peregrinaciones, muertos ya sus padres y gastado su patrimonio, vino a parar a la gran ciudad de Sevilla, donde halló ocasión muy bastante para acabar de consumir lo poco que le quedaba. Viéndose, pues, tan falto de dineros y aun no con muchos amigos, se acogió al remedio a que otros muchos perdidos en aquella ciudad se acogen, que es el pasarse a las Indias, refugio y amparo de los desesperados de España, iglesia de los alzados[2], salvoconducto de los homicidas, pala[3] y cubierta de los jugadores (a quien llaman ciertos[4] los peritos en el arte), añagaza[5] general de mujeres libres, engaño común de muchos y remedio particular de pocos.

En fin, llegado el tiempo en que una flota se partía para Tierrafirme[6], acomodándose con el almirante de ella, aderezó su ma-

---

[1] Como el hijo pródigo del *Evangelio de San Lucas*.
[2] *iglesia de los alzados:* refugio de los que huyen después de haber favorecido la quiebra de un negocio.
[3] *pala:* lugar seguro.
[4] *ciertos:* delincuentes.
[5] *añagaza:* arte de engaño.
[6] *Tierrafirme:* región que se situaba entre el este de Venezuela y la costa occidental de Colombia.

talotaje[7] y su mortaja de esparto[8]; y, embarcándose en Cádiz, echando la bendición a España, zarpó la flota, y con general alegría dieron las velas al viento, que blando y próspero soplaba, el cual en pocas horas les encubrió la tierra y les descubrió las anchas y espaciosas llanuras del gran padre de las aguas, el mar Océano.

Iba nuestro pasajero pensativo, revolviendo en su memoria los muchos y diversos peligros que en los años de su peregrinación había pasado y el mal gobierno que en todo el discurso de su vida había tenido; y sacaba de la cuenta que a sí mismo se iba tomando una firme resolución de mudar manera de vida y de tener otro estilo en guardar la hacienda que Dios fuese servido de darle y de proceder con más recato que hasta allí con las mujeres.

La flota estaba como en calma cuando pasaba consigo esta tormenta Felipo de Carrizales, que este es el nombre del que ha dado materia a nuestra novela. Tornó a soplar el viento, impeliendo con tanta fuerza los navíos, que no dejó a nadie en sus asientos; y, así, le fue forzoso a Carrizales dejar sus imaginaciones y dejarse llevar de sólos los cuidados que el viaje le ofrecía; el cual viaje fue tan próspero que, sin recibir algún revés ni contraste, llegaron al puerto de Cartagena[9]. Y, por concluir con todo lo que no hace a nuestro propósito, digo que la edad que tenía Felipo cuando pasó a las Indias sería de cuarenta y ocho años; y en veinte que en ellas estuvo, ayudado de su industria y diligencia, alcanzó a tener más de ciento cincuenta mil pesos ensayados[10].

Viéndose, pues, rico y próspero, tocado del natural deseo que todos tienen de volver a su patria, pospuestos grandes intereses que se le ofrecían, dejando el Perú, donde había granjeado tanta

---

[7] *matalotaje:* provisiones.
[8] *mortaja de esparto:* esterilla en la que se acostaban los pasajeros pobres.
[9] *Cartagena* (de Indias): en Colombia.
[10] *ensayados:* auténticos.

hacienda, trayéndola toda en barras de oro y plata, y registrada por quitar inconvenientes, se volvió a España. Desembarcó en Sanlúcar; llegó a Sevilla, tan lleno de años como de riquezas; sacó sus partidas sin zozobras; buscó sus amigos: hallolos todos muertos; quiso partirse a su tierra, aunque ya había tenido nuevas que ningún pariente le había dejado la muerte. Y si cuando iba a Indias, pobre y menesteroso, le iban combatiendo muchos pensamientos, sin dejarle sosegar un punto en mitad de las ondas del mar, no menos ahora en el sosiego de la tierra le combatían, aunque por diferente causa: que si entonces no dormía por pobre, ahora no podía sosegar de rico; que tan pesada carga es la riqueza al que no está usado a tenerla ni sabe usar de ella, como lo es la pobreza al que continuo la tiene. Cuidados acarrea el oro y cuidados la falta de él; pero los unos se remedian con alcanzar alguna mediana cantidad, y los otros se aumentan mientras más parte se alcanzan.

Contemplaba Carrizales en sus barras, no por miserable, porque en algunos años que fue soldado aprendió a ser liberal, sino en lo que había de hacer de ellas, a causa que tenerlas en ser[11] era cosa infructuosa, y tenerlas en casa, cebo para los codiciosos y despertador para los ladrones.

Habíase muerto en él la gana de volver al inquieto trato de las mercancías y parecíale que, conforme a los años que tenía, le sobraban dineros para pasar la vida, y quisiera pasarla en su tierra y dar en ella su hacienda a tributo, pasando en ella los años de su vejez en quietud y sosiego, dando a Dios lo que podía, pues había dado al mundo más de lo que debía. Por otra parte, consideraba que la estrecheza de su patria era mucha y la gente muy pobre y que el irse a vivir a ella era ponerse por blanco de todas las

---

[11] *tenerlas en ser*: como barras de oro y plata, sin gastarlas.

importunidades que los pobres suelen dar al rico que tienen por vecino, y más cuando no hay otro en el lugar a quien acudir con sus miserias. Quisiera tener a quien dejar sus bienes después de sus días, y con este deseo tomaba el pulso a su fortaleza y parecíale que aún podía llevar la carga del matrimonio; y, en viniéndole este pensamiento, le sobresaltaba un tan gran miedo, que así se le desbarataba y deshacía como hace a la niebla el viento; porque de su natural condición era el más celoso hombre del mundo, aun sin estar casado, pues con solo la imaginación de serlo le comenzaban a ofender los celos, a fatigar las sospechas y a sobresaltar las imaginaciones; y esto con tanta eficacia y vehemencia, que de todo en todo propuso de no casarse.

Y, estando resuelto en esto y no lo estando en lo que había de hacer de su vida, quiso su suerte que, pasando un día por una calle, alzase los ojos y viese a una ventana puesta una doncella, al parecer de edad de trece a catorce años, de tan agradable rostro y tan hermosa que, sin ser poderoso para defenderse, el buen viejo Carrizales rindió la flaqueza de sus muchos años a los pocos de Leonora, que así era el nombre de la hermosa doncella. Y luego, sin más detenerse, comenzó a hacer un gran montón de discursos; y, hablando consigo mismo, decía:

«Esta muchacha es hermosa y, a lo que muestra la presencia de esta casa, no debe de ser rica; ella es niña, sus pocos años pueden asegurar mis sospechas; casarme he con ella; encerrarela y harela a mis mañas, y con esto no tendrá otra condición que aquella que yo le enseñare. Y no soy tan viejo que pueda perder la esperanza de tener hijos que me hereden. De que tenga dote o no, no hay para qué hacer caso, pues el cielo me dio para todos; y los ricos no han de buscar en sus matrimonios hacienda, sino gusto: que el gusto alarga la vida, y los disgustos entre los casados la acortan. Alto, pues: echada está la suerte, y esta es la que el cielo quiere que yo tenga».

Y así hecho este soliloquio, no una vez, sino ciento, al cabo de algunos días habló con los padres de Leonora, y supo cómo, aunque pobres, eran nobles; y, dándoles cuenta de su intención y de la calidad de su persona y hacienda, les rogó le diesen por mujer a su hija. Ellos le pidieron tiempo para informarse de lo que decía y que él también le tendría para enterarse ser verdad lo que de su nobleza le habían dicho. Despidiéronse, informáronse las partes y hallaron ser así lo que entrambos dijeron; y, finalmente, Leonora quedó por esposa de Carrizales, habiéndola dotado primero en veinte mil ducados: tal estaba de abrasado el pecho del celoso viejo. El cual, apenas dio el sí de esposo, cuando de golpe le embistió un tropel de rabiosos celos y comenzó sin causa alguna a temblar y a tener mayores cuidados que jamás había tenido. Y la primera muestra que dio de su condición celosa fue no querer que sastre alguno tomase la medida a su esposa de los muchos vestidos que pensaba hacerle; y, así, anduvo mirando cuál otra mujer tendría, poco más a menos, el talle y cuerpo de Leonora, y halló una pobre, a cuya medida hizo hacer una ropa, y, probándosela su esposa, halló que le venía bien; y por aquella medida hizo los demás vestidos, que fueron tantos y tan ricos, que los padres de la desposada se tuvieron por más que dichosos en haber acertado con tan buen yerno, para remedio suyo y de su hija. La niña estaba asombrada de ver tantas galas, a causa que las que ella en su vida se había puesto no pasaban de una saya de raja y una ropilla de tafetán.

La segunda señal que dio Felipo fue no querer juntarse con su esposa hasta tenerla puesta casa aparte, la cual aderezó en esta forma: compró una en doce mil ducados, en un barrio principal de la ciudad, que tenía agua de pie[12] y jardín con muchos naranjos; cerró todas las ventanas que miraban a la calle y dioles vista

---

[12] *agua de pie:* agua corriente.

al cielo, y lo mismo hizo de todas las otras de casa. En el portal de la calle, que en Sevilla llaman *casapuerta*, hizo una caballeriza para una mula, y encima de ella un pajar y apartamiento donde estuviese el que había de curar de ella, que fue un negro viejo y eunuco; levantó las paredes de las azoteas de tal manera, que el que entraba en la casa había de mirar al cielo por línea recta, sin que pudiesen ver otra cosa; hizo torno que de la casapuerta respondía al patio.

Compró un rico menaje para adornar la casa, de modo que por tapicerías, estrados y doseles ricos mostraba ser de un gran señor. Compró, asimismo, cuatro esclavas blancas y herrolas en el rostro, y otras dos negras bozales[13]. Concertose con un despensero que le trajese y comprase de comer, con condición que no durmiese en casa ni entrase en ella sino hasta el torno, por el cual había de dar lo que trajese. Hecho esto, dio parte de su hacienda a censo[14], situada en diversas y buenas partes, otra puso en el banco, y quedose con alguna, para lo que se le ofreciese. Hizo, asimismo, llave maestra para toda la casa, y encerró en ella todo lo que suele comprarse en junto y en sus sazones, para la provisión de todo el año; y, teniéndolo todo así aderezado y compuesto, se fue a casa de sus suegros y pidió a su mujer, que se la entregaron no con pocas lágrimas, porque les pareció que la llevaban a la sepultura.

La tierna Leonora aún no sabía lo que la había acontecido; y, así, llorando con sus padres, les pidió su bendición y, despidiéndose de ellos, rodeada de sus esclavas y criadas, asida de la mano de su marido, se vino a su casa; y, en entrando en ella, les hizo Carrizales un sermón a todas, encargándoles la guarda de Leonora y que por ninguna vía ni en ningún modo dejasen entrar

---

[13] *bozales:* esclavos recién traídos de su país y que aún no hablaban castellano.

[14] *dio parte de su hacienda a censo:* arrendó parte de sus propiedades para tener renta anual.

a nadie de la segunda puerta adentro, aunque fuese al negro eunuco. Y a quien más encargó la guarda y regalo de Leonora fue a una dueña de mucha prudencia y gravedad, que recibió como para aya de Leonora, y para que fuese superintendente de todo lo que en la casa se hiciese, y para que mandase a las esclavas y a otras dos doncellas de la misma edad de Leonora, que para que se entretuviese con las de sus mismos años asimismo había recibido. Prometioles que las trataría y regalaría a todas de manera que no sintiesen su encerramiento y que los días de fiesta, todos, sin faltar ninguno, irían a oír misa; pero tan de mañana, que apenas tuviese la luz lugar de verlas. Prometiéronle las criadas y esclavas de hacer todo aquello que les mandaba, sin pesadumbre, con pronta voluntad y buen ánimo. Y la nueva esposa, encogiendo los hombros, bajó la cabeza y dijo que ella no tenía otra voluntad que la de su esposo y señor, a quien estaba siempre obediente.

Hecha esta prevención y recogido el buen extremeño en su casa, comenzó a gozar como pudo los frutos del matrimonio, los cuales a Leonora, como no tenía experiencia de otros, ni eran gustosos ni desabridos; y, así, pasaba el tiempo con su dueña, doncellas y esclavas, y ellas, por pasarle mejor, dieron en ser golosas y pocos días se pasaban sin hacer mil cosas a quien la miel y el azúcar hacen sabrosas. Sobrábales para esto en gran abundancia lo que habían menester, y no menos sobraba en su amo la voluntad de dárselo, pareciéndole que con ello las tenía entretenidas y ocupadas, sin tener lugar donde ponerse a pensar en su encerramiento.

Leonora andaba a lo igual con sus criadas y se entretenía en lo mismo que ellas, y aun dio con su simplicidad en hacer muñecas y en otras niñerías, que mostraban la llaneza de su condición y la terneza de sus años; todo lo cual era de grandísima satisfacción para el celoso marido, pareciéndole que había acertado a escoger la vida mejor que se la supo imaginar y que por ninguna vía la industria ni la malicia humana podía perturbar su sosiego. Y, así, sólo se desvelaba en traer regalos a su esposa y en acordarle le pidiese todos cuantos le viniesen al pensamiento, que de todos sería servida. Los días que iba a misa, que, como está dicho, era entre dos luces, venían sus padres y en la iglesia hablaban a su hija, delante de su marido, el cual les daba tantas dádivas que, aunque tenían lástima a su hija por la estrechez en que vivía, la templaban con las muchas dádivas que Carrizales, su liberal yerno, les daba.

Levantábase de mañana y aguardaba a que el despensero viniese, a quien de la noche antes, por una cédula que ponían en el torno, le avisaban lo que había de traer otro día; y, en viniendo el despensero, salía de casa Carrizales, las más veces a pie, dejando cerradas las dos puertas, la de la calle y la de en medio, y entre las dos quedaba el negro. Íbase a sus negocios, que eran pocos, y con brevedad daba la vuelta; y, encerrándose, se entretenía en regalar a su esposa y acariciar a sus criadas, que todas le querían bien, por ser de condición llana y agradable y, sobre todo, por mostrarse tan liberal con todas.

De esta manera pasaron un año de noviciado e hicieron profesión en aquella vida, determinándose de llevarla hasta el fin de las suyas: y así fuera si el sagaz perturbador del género humano no lo estorbara, como ahora oiréis.

Dígame ahora el que se tuviere por más discreto y recatado qué más prevenciones para su seguridad podía haber hecho el anciano Felipo, pues aun no consintió que dentro de su casa hubiese algún animal que fuese varón. A los ratones de ella jamás los persiguió gato, ni en ella se oyó ladrido de perro: todos eran del género femenino. De día pensaba, de noche no dormía; él era la ronda y centinela de su casa y el Argos de lo que bien quería. Jamás entró hombre de la puerta adentro del patio. Con sus amigos negociaba en la calle. Las figuras de los paños que sus salas y cuadras adornaban, todas eran hembras, flores y boscajes. Toda su casa olía a honestidad, recogimiento y recato: aun hasta en las consejas que en las largas noches del invierno en la chimenea sus criadas contaban, por estar él presente, en ninguna ningún género de lascivia se descubría. La plata de las canas del viejo, a los ojos de Leonora, parecían cabellos de oro puro, porque el amor primero que las doncellas tienen se les imprime en el alma como el sello en la cera. Su demasiada guarda le parecía advertido recato: pensaba y creía que lo que ella pasaba pasaban todas las recién casadas. No se desmandaban sus pensamientos a salir de las paredes de su casa, ni su voluntad deseaba otra cosa más de aquella que la de su marido quería; solo los días que iba a misa veía las calles, y esto era tan de mañana que, si no era al volver de la iglesia, no había luz para mirarlas.

No se vio monasterio tan cerrado, ni monjas más recogidas, ni manzanas de oro tan guardadas; y con todo esto, no pudo en ninguna manera prevenir ni excusar de caer en lo que recelaba; a lo menos, en pensar que había caído.

Hay en Sevilla un género de gente ociosa y holgazana, a quien comúnmente suelen llamar gente de barrio. Estos son los hijos de vecino de cada colación, y de los más ricos de ella; gente baldía, atildada y meliflua, de la cual y de su traje y manera de vivir, de su condición y de las leyes que guardan entre sí, había mucho que decir: pero por buenos respetos se deja.

Uno de estos galanes, pues, que entre ellos es llamado *virote* (mozo soltero, que a los recién casados llaman *mantones),* asestó a mirar la casa del recatado Carrizales; y, viéndola siempre cerrada, le tomó gana de saber quién vivía dentro; y con tanto ahínco y curiosidad hizo la diligencia, que de todo en todo vino a saber lo que deseaba. Supo la condición del viejo, la hermosura de su esposa y el modo que tenía en guardarla; todo lo cual le encendió el deseo de ver si sería posible expugnar, por fuerza o por industria, fortaleza tan guardada. Y, comunicándolo con dos virotes y un mantón, sus amigos, acordaron que se pusiese por obra; que nunca para tales obras faltan consejeros y ayudadores.

Dificultaban el modo que se tendría para intentar tan dificultosa hazaña; y, habiendo entrado en bureo[15] muchas veces, convinieron en esto: que, fingiendo Loaysa, que así se llamaba el virote, que iba fuera de la ciudad por algunos días, se quitase de los ojos de sus amigos, como lo hizo; y, hecho esto, se puso unos calzones de lienzo limpio y camisa limpia; pero encima se puso unos vestidos tan rotos y remendados, que ningún pobre en toda la ciudad los traía tan astrosos. Quitose un poco de barba que tenía, cubriose un ojo con un parche, vendose una pierna estrechamente, y, arrimándose a dos muletas, se convirtió en un pobre tullido: tal, que el más verdadero estropeado no se le igualaba.

Con este talle se ponía cada noche a la oración a la puerta de la casa de Carrizales, que ya estaba cerrada, quedando el negro, que Luis se llamaba, cerrado entre las dos puertas. Puesto allí Loaysa, sacaba una guitarrilla algo grasienta y falta de algunas cuerdas, y, como él era algo músico, comenzaba a tañer algunos sones alegres y regocijados, mudando la voz por no ser conocido. Con esto, se daba prisa a cantar romances de moros y moras, a la loquesca, con tanta gracia, que cuantos pasaban por la calle se ponían a escucharle; y siempre, en tanto que cantaba, estaba rodeado de muchachos; y Luis, el negro, poniendo los oídos por entre las puertas, estaba colgado de la música del virote, y diera un brazo por poder abrir la puerta y escucharle más a su placer: tal es la inclinación que los negros tienen a ser músicos. Y, cuando Loaysa quería que los que le escuchaban le dejasen, dejaba de cantar y recogía su guitarra, y, acogiéndose a sus muletas, se iba.

Cuatro o cinco veces había dado música al negro (que por solo él la daba), pareciéndole que, por donde se había de comenzar a desmoronar aquel edificio, había y debía ser por el negro; y no le salió vano su pensamiento, porque, llegándose una noche, como

---

[15] *bureo:* charla.

solía, a la puerta, comenzó a templar su guitarra y sintió que el negro estaba ya atento; y, llegándose al quicio de la puerta, con voz baja, dijo:

—¿Será posible, Luis, darme un poco de agua, que perezco de sed y no puedo cantar?

—No —dijo el negro—, porque no tengo la llave de esta puerta, ni hay agujero por donde pueda dárosla.

—¿Pues quién tiene la llave? —preguntó Loaysa.

—Mi amo —respondió el negro—, que es el más celoso hombre del mundo. Y si él supiese que yo estoy ahora aquí hablando con nadie, no sería más mi vida. Pero ¿quién sois vos que me pedís el agua?

—Yo —respondió Loaysa— soy un pobre estropeado de una pierna, que gano mi vida pidiendo por Dios a la buena gente; y, juntamente con esto, enseño a tañer a algunos morenos y a otra gente pobre; y ya tengo tres negros, esclavos de tres veinticuatros[16], a quien he enseñado de modo que pueden cantar y tañer en cualquier baile y en cualquier taberna, y me lo han pagado muy rebién.

—Harto mejor os lo pagara yo —dijo Luis— a tener lugar de tomar lección; pero no es posible, a causa que mi amo, en saliendo por la mañana, cierra la puerta de la calle, y cuando vuelve hace lo mismo, dejándome emparedado entre dos puertas.

—¡Por Dios, Luis —replicó Loaysa, que ya sabía el nombre del negro—, que si vos dieseis traza a que yo entrase algunas noches a daros lección, en menos de quince días os sacaría tan diestro en la guitarra, que pudieseis tañer sin vergüenza alguna en cualquier esquina! Porque os hago saber que tengo grandísima gracia en el enseñar, y más, que he oído decir que vos tenéis muy

---

[16] *veinticuatros:* nombre que se daba a los regidores de ayuntamiento en Andalucía.

buena habilidad; y, a lo que siento y puedo juzgar por el órgano de la voz, que es atiplada, debéis de cantar muy bien.

—No canto mal —respondió el negro—; pero, ¿qué aprovecha, pues no sé tonada alguna, si no es la de *La Estrella de Venus* y la de *Por un verde prado*, y aquella que ahora se usa que dice:

A los hierros de una reja
la turbada mano asida…?

—Todas esas son aire —dijo Loaysa— para las que yo os podría enseñar, porque sé todas las del moro Abindarráez, con las de su dama Jarifa, y todas las que se cantan de la historia del gran sofí Tomunibeyo, con las de la zarabanda[17] a lo divino, que son tales, que hacen pasmar a los mismos portugueses; y esto enseño con tales modos y con tanta facilidad que, aunque no os deis prisa a aprender, apenas habréis comido tres o cuatro moyos de sal, cuando ya os veáis músico corriente y moliente en todo género de guitarra.

A esto suspiró el negro y dijo:

—¿Qué aprovecha todo eso, si no sé cómo meteros en casa?

—Buen remedio —dijo Loaysa—: procurad vos tomar las llaves a vuestro amo, y yo os daré un pedazo de cera, donde las imprimiréis de manera que queden señaladas las guardas en la cera; que, por la afición que os he tomado, yo haré que un cerrajero amigo mío haga las llaves y así podré entrar dentro de noche y enseñaros mejor que al Preste Juan de las Indias[18], porque veo ser gran lástima que se pierda una tal voz como la vuestra, faltándole el arrimo de la guitarra; que quiero que sepáis, hermano Luis, que la mejor voz del mundo pierde de sus quilates cuando no se

---

[17] *zarabanda:* baile sensual y movido.
[18] *Preste Juan:* personaje legendario que en el corazón de Asia era cristiano.

acompaña con el instrumento, ora sea de guitarra o clavicémbalo, de órganos o de arpa; pero el que más a vuestra voz le conviene es el instrumento de la guitarra, por ser el más mañero y menos costoso de los instrumentos.

—Bien me parece eso —replicó el negro—; pero no puede ser, pues jamás entran las llaves en mi poder, ni mi amo las suelta de la mano de día, y de noche duermen debajo de su almohada.

—Pues haced otra cosa, Luis —dijo Loaysa—, si es que tenéis gana de ser músico consumado; que, si no la tenéis, no hay para qué cansarme en aconsejaros.

—¡Y cómo si tengo gana! —replicó Luis—. Y tanta, que ninguna cosa dejaré de hacer, como sea posible salir con ella, a trueco de salir con ser músico.

—Pues así es —dijo el virote—, yo os daré por entre estas puertas, haciendo vos lugar quitando alguna tierra del quicio; digo que os daré unas tenazas y un martillo, con que podáis de noche quitar los clavos de la cerradura de loba[19] con mucha facilidad, y con la misma volveremos a poner la chapa, de modo que no se eche de ver que ha sido desclavada; y, estando yo dentro, encerrado con vos en vuestro pajar o adonde dormís, me daré tal prisa a lo que tengo de hacer, que vos veáis aun más de lo que os he dicho, con aprovechamiento de mi persona y aumento de vuestra suficiencia. Y de lo que hubiéremos de comer no tengáis cuidado, que yo llevaré matalotaje para entrambos y para más de ocho días; que discípulos tengo yo y amigos que no me dejarán mal pasar.

—De la comida —replicó el negro— no habrá de qué temer, que, con la ración que me da mi amo y con los relieves[20] que me dan las esclavas, sobrará comida para otros dos. Venga ese martillo y tenazas que decís, que yo haré por junto a este quicio lugar por donde

---

[19] *cerradura de loba:* de forma dentada.
[20] *relieves:* sobras.

quepa, y le volveré a cubrir y tapar con barro; que, puesto que dé algunos golpes en quitar la chapa, mi amo duerme tan lejos de esta puerta, que será milagro, o gran desgracia nuestra, si los oye.

—Pues, a la mano de Dios —dijo Loaysa—: que de aquí a dos días tendréis, Luis, todo lo necesario para poner en ejecución nuestro virtuoso propósito; y advertid en no comer cosas flemosas, porque no hacen ningún provecho, sino mucho daño a la voz.

—Ninguna cosa me enronquece tanto —respondió el negro— como el vino, pero no me lo quitaré yo por todas cuantas voces tiene el suelo.

—No digo tal —dijo Loaysa—, ni Dios tal permita. Bebed, hijo Luis, bebed, y buen provecho os haga, que el vino que se bebe con medida jamás fue causa de daño alguno.

—Con medida lo bebo —replicó el negro—: aquí tengo un jarro que cabe una azumbre justa y cabal; este me llenan las esclavas, sin que mi amo lo sepa, y el despensero, a solapo, me trae una botilla, que también cabe justas dos azumbres, con que se suplen las faltas del jarro.

—Digo —dijo Loaysa— que tal sea mi vida como eso me parece, porque la seca garganta ni gruñe ni canta.

—Andad con Dios —dijo el negro—; pero mirad que no dejéis de venir a cantar aquí las noches que tardaréis en traer lo que habéis de hacer para entrar acá dentro, que ya me comen los dedos por verlos puestos en la guitarra.

—¡Y cómo si vendré! —replicó Loaysa—. Y aun con tonadicas nuevas.

—Eso pido —dijo Luis—; y ahora no me dejéis de cantar algo, porque me vaya a acostar con gusto; y, en lo de la paga, entienda el señor pobre que le he de pagar mejor que un rico.

—No reparo en eso —dijo Loaysa—; que, según yo os enseñaré, así me pagaréis, y por ahora escuchad esta tonadilla, que cuando esté dentro veréis milagros.

—Sea en buena hora —respondió el negro.

Y, acabado este largo coloquio, cantó Loaysa un romancito agudo, con que dejó al negro tan contento y satisfecho, que ya no veía la hora de abrir la puerta.

Apenas se quitó Loaysa de la puerta, cuando, con más ligereza que el traer de sus muletas prometía, se fue a dar cuenta a sus consejeros de su buen comienzo, adivino del buen fin que por él esperaba. Hallolos y contó lo que con el negro dejaba concertado, y otro día hallaron los instrumentos, tales que rompían cualquier clavo como si fuera de palo.

No se descuidó el virote de volver a dar música al negro, ni menos tuvo descuido el negro en hacer el agujero por donde cupiese lo que su maestro le diese, cubriéndolo de manera que, a no ser mirado con malicia y sospechosamente, no se podía caer en el agujero.

La segunda noche le dio los instrumentos Loaysa, y Luis probó sus fuerzas; y, casi sin poner alguna, se halló rotos los clavos y con la chapa de la cerradura en las manos: abrió la puerta y recogió dentro a su Orfeo[21] y maestro; y, cuando le vio con sus dos muletas y tan andrajoso y tan fajada su pierna, quedó admirado. No llevaba Loaysa el parche en el ojo, por no ser necesario, y, así como entró, abrazó a su buen discípulo y le besó en el rostro, y luego le puso una gran bota de vino en las manos, y una caja de conserva y otras cosas dulces, de que llevaba unas alforjas bien proveídas. Y, dejando las muletas, como si no tuviera mal alguno, comenzó a hacer cabriolas, de lo cual se admiró más el negro, a quien Loaysa dijo:

—Sabed, hermano Luis, que mi cojera y estropeamiento no nace de enfermedad, sino de industria, con la cual gano de comer

---

[21] *Orfeo:* famoso músico y poeta griego, aquí empleado irónicamente.

pidiendo por amor de Dios, y ayudándome de ella y de mi música paso la mejor vida del mundo, en el cual todos aquellos que no fueren industriosos y tracistas morirán de hambre; y esto lo veréis en el discurso de nuestra amistad.

—Ello dirá —respondió el negro—; pero demos orden de volver esta chapa a su lugar, de modo que no se eche de ver su mudanza.

—En buena hora —dijo Loaysa.

Y, sacando clavos de sus alforjas, asentaron la cerradura de suerte que estaba tan bien como de antes, de lo cual quedó contentísimo el negro; y, subiéndose Loaysa al aposento que en el pajar tenía el negro, se acomodó lo mejor que pudo.

Encendió luego Luis un torzal de cera[22] y, sin más aguardar, sacó su guitarra Loaysa; y, tocándola baja y suavemente, suspendió al pobre negro de manera que estaba fuera de sí escuchándole. Habiendo tocado un poco, sacó de nuevo colación y diola a su discípulo; y, aunque con dulce, bebió con tan buen talante de la bota, que le dejó más fuera de sentido que la música. Pasado esto, ordenó que luego tomase lección Luis, y, como el pobre negro tenía cuatro dedos de vino sobre los sesos, no acertaba traste; y, con todo eso, le hizo creer Loaysa que ya sabía por lo menos dos tonadas; y era lo bueno que el negro se lo creía y en toda la noche no hizo otra cosa que tañer con la guitarra destemplada y sin las cuerdas necesarias.

Durmieron lo poco que de la noche les quedaba, y, a obra de las seis de la mañana, bajó Carrizales y abrió la puerta de en medio, y también la de la calle, y estuvo esperando al despensero, el cual vino de allí a un poco, y, dando por el torno la comida se volvió a ir y llamó al negro, que bajase a tomar cebada para la mula y su ración; y, en tomándola, se fue el viejo Carrizales, dejando

---

[22] *torzal de cera:* vela.

cerradas ambas puertas, sin echar de ver lo que en la de la calle se había hecho, de que no poco se alegraron maestro y discípulo.

Apenas salió el amo de casa, cuando el negro arrebató la guitarra y comenzó a tocar de tal manera que todas las criadas le oyeron y por el torno le preguntaron:

—¿Qué es esto, Luis? ¿De cuándo acá tienes tú guitarra o quién te la ha dado?

—¿Quién me la ha dado? —respondió Luis—. El mejor músico que hay en el mundo y el que me ha de enseñar en menos de seis días más de seis mil sones.

—¿Y dónde está ese músico? —preguntó la dueña.

—No está muy lejos de aquí —respondió el negro—; y si no fuera por vergüenza y por el temor que tengo a mi señor, quizá os le enseñara luego, y a fe que os holgaseis de verle.

—¿Y adónde puede él estar que nosotras le podamos ver —replicó la dueña—, si en esta casa jamás entró otro hombre que nuestro dueño?

—Ahora bien —dijo el negro—, no os quiero decir nada hasta que veáis lo que yo sé y él me ha enseñado en el breve tiempo que he dicho.

—Por cierto —dijo la dueña— que, si no es algún demonio el que te ha de enseñar, que yo no sé quién te pueda sacar músico con tanta brevedad.

—Andad —dijo el negro—, que lo oiréis y lo veréis algún día.

—No puede ser eso —dijo otra doncella—, porque no tenemos ventanas a la calle para poder ver ni oír a nadie.

—Bien está —dijo el negro—; que para todo hay remedio si no es para excusar la muerte; y más si vosotras sabéis o queréis callar.

—¡Y cómo que callaremos, hermano Luis! —dijo una de las esclavas—. Callaremos más que si fuésemos mudas; porque te prometo, amigo, que me muero por oír una buena voz, que después que aquí nos emparedaron, ni aun el canto de los pájaros hemos oído.

Todas estas pláticas estaba escuchando Loaysa con grandísimo contento, pareciéndole que todas se encaminaban a la consecución de su gusto y que la buena suerte había tomado la mano en guiarlas a la medida de su voluntad.

Despidiéronse las criadas con prometerles el negro que, cuando menos se pensasen, las llamaría a oír una muy buena voz; y, con temor que su amo volviese y le hallase hablando con ellas, las dejó y se recogió a su estancia y clausura. Quisiera tomar lección, pero no se atrevió a tocar de día, porque su amo no le oyese, el cual vino de allí a poco espacio y, cerrando las puertas según su costumbre, se encerró en casa. Y, al dar aquel día de comer por el torno al negro, dijo Luis a una negra que se lo daba, que aquella noche, después de dormido su amo, bajasen todas al torno a oír la voz que les había prometido, sin falta alguna. Verdad es que antes que dijese esto había pedido con muchos ruegos a su maestro fuese contento de cantar y tañer aquella noche al torno, porque él pudiese cumplir la palabra que había dado de hacer oír a las criadas una voz extremada, asegurándole que sería en extremo regalado de todas ellas. Algo se hizo de rogar el maestro de hacer lo que él más deseaba; pero al fin dijo que haría lo que su buen discípulo pedía, solo por darle gusto, sin otro interés alguno. Abrazole el negro y diole un beso en el carrillo, en señal del contento que le había causado la merced prometida; y aquel día dio de comer a Loaysa tan bien como si comiera en su casa, y aun quizá mejor, pues pudiera ser que en su casa le faltara.

Llegose la noche, y en la mitad de ella, o poco menos, comenzaron a cecear en el torno, y luego entendió Luis que era la cáfila[23], que había llegado; y, llamando a su maestro, bajaron del pajar, con la guitarra bien encordada y mejor templada. Pregun-

---

[23] *cáfila:* caravana.

tó Luis quién y cuántas eran las que escuchaban. Respondiéronle que todas, sino su señora, que quedaba durmiendo con su marido, de que le pesó a Loaysa; pero, con todo eso, quiso dar principio a su designio y contentar a su discípulo; y, tocando mansamente la guitarra, tales sones hizo que dejó admirado al negro y suspenso el rebaño de las mujeres que le escuchaba.

¿Pues qué diré de lo que ellas sintieron cuando le oyeron tocar el *Pésame de ello* y acabar con el endemoniado son de la zarabanda, nuevo entonces en España? No quedó vieja por bailar, ni moza que no se hiciese pedazos, todo a la sorda y con silencio extraño, poniendo centinelas y espías que avisasen si el viejo despertaba. Cantó asimismo Loaysa coplicas de la seguida, con que acabó de echar el sello al gusto de las escuchantes, que ahincadamente pidieron al negro les dijese quién era tan milagroso músico. El negro les dijo que era un pobre mendigante: el más galán y gentil hombre que había en toda la pobrería de Sevilla. Rogáronle que hiciese de suerte que ellas le viesen y que no le dejase ir en quince días de casa, que ellas le regalarían muy bien y darían cuanto hubiese menester. Preguntáronle qué modo había tenido para meterle en casa. A esto no les respondió palabra; a lo demás dijo que, para poderle ver, hiciesen un agujero pequeño en el torno, que después lo taparían con cera; y que, a lo de tenerle en casa, que él lo procuraría.

Hablolas también Loaysa, ofreciéndoseles a su servicio, con tan buenas razones, que ellas echaron de ver que no salían de ingenio de pobre mendigante. Rogáronle que otra noche viniese al mismo puesto; que ellas harían con su señora que bajase a escucharle, a pesar del ligero sueño de su señor, cuya ligereza no nacía de sus muchos años, sino de sus muchos celos. A lo cual dijo Loaysa que si ellas gustaban de oírle sin sobresalto del viejo, que él les daría unos polvos que le echasen en el vino, que le harían dormir con pesado sueño más tiempo del ordinario.

—¡Jesús, valme —dijo una de las doncellas—, y si eso fuese verdad, qué buena ventura se nos habría entrado por las puertas, sin sentirlo y sin merecerlo! No serían ellos polvos de sueño para él, sino polvos de vida para todas nosotras y para la pobre de mi señora Leonora, su mujer, que no la deja a sol ni a sombra, ni la pierde de vista un solo momento. ¡Ay, señor mío de mi alma, traiga esos polvos: así Dios le dé todo el bien que desea! Vaya y no tarde; tráigalos, señor mío, que yo me ofrezco a mezclarlos en el vino y a ser la escanciadora; y pluguiese a Dios que durmiese el viejo tres días con sus noches, que otros tantos tendríamos nosotras de gloria.

—Pues yo los traeré —dijo Loaysa—; y son tales, que no hacen otro mal ni daño a quien los toma si no es provocarle un sueño pesadísimo.

Todas le rogaron que los trajese con brevedad, y, quedando de hacer otra noche con una barrena el agujero en el torno y de traer a su señora para que le viese y oyese, se despidieron; y el negro, aunque era casi el alba, quiso tomar lección, la cual le dio Loaysa y le hizo entender que no había mejor oído que el suyo en cuantos discípulos tenía: y no sabía el pobre negro, ni lo supo jamás, hacer un cruzado[24].

Tenían los amigos de Loaysa cuidado de venir de noche a escuchar por entre las puertas de la calle, y ver si su amigo les decía algo, o si había menester alguna cosa; y, haciendo una señal que dejaron concertada, conoció Loaysa que estaban a la puerta, y por el agujero del quicio les dio breve cuenta del buen término en que estaba su negocio, pidiéndoles encarecidamente buscasen alguna cosa que provocase a sueño, para dárselo a Carrizales; que él ha-

---

[24] *cruzado:* postura de los dedos apretando las cuerdas contra los trastes para hacer un acorde.

bía oído decir que había unos polvos para este efecto. Dijéronle que tenían un médico amigo que les daría el mejor remedio que supiese, si es que le había; y, animándole a proseguir la empresa y prometiéndole de volver la noche siguiente con todo recaudo, aprisa se despidieron.

Vino la noche, y la banda de las palomas acudió al reclamo de la guitarra. Con ellas vino la simple Leonora, temerosa y temblando de que no despertase su marido; que, aunque ella, vencida de este temor, no había querido venir, tantas cosas le dijeron sus criadas, especialmente la dueña, de la suavidad de la música y de la gallarda disposición del músico pobre (que, sin haberle visto, le alababa y le subía sobre Absalón[25] y sobre Orfeo), que la pobre señora, convencida y persuadida de ellas, hubo de hacer lo que no tenía ni tuviera jamás en voluntad. Lo primero que hicieron fue barrenar el torno para ver al músico, el cual no estaba ya en hábitos de pobre, sino con unos calzones grandes de tafetán leonado, a la marineresca; un jubón de lo mismo con trencillas de oro y una montera de raso del mismo color, con cuello almidonado con grandes puntas y encaje; que de todo vino proveído en las alforjas, imaginando que se había de ver en ocasión que le conviniese mudar de traje.

Era mozo y de gentil disposición y buen parecer; y, como había tanto tiempo que todas tenían hecha la vista a mirar al viejo de su amo, parecioles que miraban a un ángel. Poníase una al agujero para verle, y luego otra; y porque le pudiesen ver mejor, andaba el negro paseándole el cuerpo de arriba abajo con el torzal de cera encendido. Y, después que todas le hubieron visto, hasta las negras bozales, tomó Loaysa la guitarra y cantó aquella noche

---

[25] *Absalón:* personaje bíblico que se distingue por su hermosura, así como Orfeo por su música.

tan extremadamente, que las acabó de dejar suspensas y atónitas a todas, así a la vieja como a las mozas; y todas rogaron a Luis diese orden y traza cómo el señor su maestro entrase allá dentro, para oírle y verle de más cerca y no tan por brújula como por el agujero, y sin el sobresalto de estar tan apartadas de su señor, que podía cogerlas de sobresalto y con el hurto en las manos; lo cual no sucedería así si le tuviesen escondido dentro.

A esto contradijo su señora con muchas veras, diciendo que no se hiciese la tal cosa ni la tal entrada, porque le pesaría en el alma, pues desde allí le podían ver y oír a su salvo y sin peligro de su honra.

—¿Qué honra? —dijo la dueña—. ¡El Rey tiene harta! Estese vuestra merced encerrada con su Matusalén y déjenos a nosotras holgar como pudiéremos. Cuanto más, que este señor parece tan honrado que no querrá otra cosa de nosotras más de lo que nosotras quisiéremos.

—Yo, señoras mías —dijo a esto Loaysa—, no vine aquí sino con intención de servir a todas vuestras mercedes con el alma y con la vida, condolido de su no vista clausura y de los ratos que en este estrecho género de vida se pierden. Hombre soy yo, por vida de mi padre, tan sencillo, tan manso y de tan buena condición y tan obediente, que no haré más de aquello que se me mandare; y si cualquiera de vuestras mercedes dijere: «Maestro, siéntese aquí; maestro, pásese allí; echaos acá, pasaos acullá», así lo haré, como el más doméstico y enseñado perro que salta por el Rey de Francia[26].

—Si eso ha de ser así —dijo la ignorante Leonora—, ¿qué medio se dará para que entre acá dentro el señor maestro?

---

[26] *como el más doméstico y enseñado perro que salta por el Rey de Francia:* frase popular para realzar la obediencia total de alguien.

—Bueno —dijo Loaysa—: vuestras mercedes pugnen por sacar en cera la llave de esta puerta de en medio, que yo haré que mañana en la noche venga hecha otra, tal que nos pueda servir.

—En sacar esa llave —dijo una doncella—, se sacan las de toda la casa, porque es llave maestra.

—No por eso será peor —replicó Loaysa.

—Así es verdad —dijo Leonora—; pero ha de jurar este señor, primero, que no ha de hacer otra cosa cuando esté acá dentro sino cantar y tañer cuando se lo mandaren, y que ha de estar encerrado y quedito donde le pusiéremos.

—Sí juro —dijo Loaysa.

—No vale nada ese juramento —respondió Leonora—; que ha de jurar por vida de su padre y ha de jurar la cruz y besarla que lo veamos todas.

—Por vida de mi padre juro —dijo Loaysa—, y por esta señal de cruz, que la beso con mi boca sucia.

Y, haciendo la cruz con dos dedos, la besó tres veces.

Esto hecho, dijo otra de las doncellas:

—Mire, señor, que no se le olvide aquello de los polvos, que es el *tuáutem*[27] de todo.

Con esto cesó la plática de aquella noche, quedando todos muy contentos del concierto. Y la suerte, que de bien en mejor encaminaba los negocios de Loaysa, trajo a aquellas horas, que eran las dos después de la medianoche, por la calle a sus amigos; los cuales, haciendo la señal acostumbrada, que era tocar una trompa de París[28], Loaysa los habló y les dio cuenta del término

---

[27] *tuáutem:* lo más importante.
[28] *trompa de París:* instrumento formado por un arco metálico, con una lengüeta en el centro, que se hace vibrar con un dedo, mientras se sostiene el instrumento con la otra mano y entre los dientes.

en que estaba su pretensión y les pidió si traían los polvos u otra cosa, como se la había pedido, para que Carrizales durmiese. Díjoles, asimismo, lo de la llave maestra. Ellos le dijeron que los polvos, o un ungüento, vendría la siguiente noche, de tal virtud que, untados los pulsos y las sienes con él, causaba un sueño profundo, sin que de él se pudiese despertar en dos días, si no era lavándose con vinagre todas las partes que se habían untado; y que se les diese la llave en cera, que asimismo la harían hacer con facilidad. Con esto se despidieron, y Loaysa y su discípulo durmieron lo poco que de la noche les quedaba, esperando Loaysa con gran deseo la venidera, por ver si se le cumplía la palabra prometida de la llave. Y, puesto que el tiempo parece tardío y perezoso a los que en él esperan, en fin, corre a las parejas con el mismo pensamiento y llega el término que quiere, porque nunca para ni sosiega.

Vino, pues, la noche y la hora acostumbrada de acudir al torno, donde vinieron todas las criadas de casa, grandes y chicas, negras y blancas, porque todas estaban deseosas de ver dentro de su serrallo al señor músico; pero no vino Leonora, y, preguntando Loaysa por ella, le respondieron que estaba acostada con su velado, el cual tenía cerrada la puerta del aposento donde dormía con llave, y después de haber cerrado se la ponía debajo de la almohada; y que su señora les había dicho que, en durmiéndose el viejo, haría por tomarle la llave maestra y sacarla en cera, que ya llevaba preparada y blanda, y que de allí a un poco habían de ir a requerirla por una gatera.

Maravillado quedó Loaysa del recato del viejo, pero no por esto se le desmayó el deseo. Y, estando en esto, oyó la trompa de París; acudió al puesto; halló a sus amigos, que le dieron un botecico de ungüento de la propiedad que le habían significado; tomolo Loaysa y díjoles que esperasen un poco, que les daría la muestra de la llave; volviose al torno y dijo a la dueña, que era la que con más ahínco mostraba desear su entrada, que se lo llevase a la señora

Leonora, diciéndole la propiedad que tenía, y que procurase untar a su marido con tal tiento que no lo sintiese, y que vería maravillas. Hízolo así la dueña y, llegándose a la gatera, halló que estaba Leonora esperando tendida en el suelo de largo a largo, puesto el rostro en la gatera. Llegó la dueña y, tendiéndose de la misma manera, puso la boca en el oído de su señora, y con voz baja le dijo que traía el ungüento y de la manera que había de probar su virtud. Ella tomó el ungüento y respondió a la dueña como en ninguna manera podía tomar la llave a su marido, porque no la tenía debajo de la almohada, como solía, sino entre los dos colchones y casi debajo de la mitad de su cuerpo; pero que dijese al maestro que, si el ungüento obraba como él decía, con facilidad sacarían la llave todas las veces que quisiesen y así no sería necesario sacarla en cera. Dijo que fuese a decirlo luego y volviese a ver lo que el ungüento obraba, porque luego luego le pensaba untar a su velado.

Bajó la dueña a decirlo al maeso Loaysa, y él despidió a sus amigos, que esperando la llave estaban. Temblando y pasito, y casi sin osar despedir el aliento de la boca, llegó Leonora a untar los pulsos del celoso marido y asimismo le untó las ventanas de las narices; y, cuando a ellas le llegó, le parecía que se estremecía, y ella quedó mortal, pareciéndole que la había cogido en el hurto. En efecto, como mejor pudo, le acabó de untar todos los lugares que le dijeron ser necesarios, que fue lo mismo que haberle embalsamado para la sepultura.

Poco espacio tardó el alopiado[28] ungüento en dar manifiestas señales de su virtud, porque luego comenzó a dar el viejo tan grandes ronquidos, que se pudieran oír en la calle: música, a los oídos de su esposa, más acordada que la del maestro de su negro. Y, aún mal segura de lo que veía, se llegó a él y le estremeció un

---

[28] *alopiado:* de opio.

poco, y luego más, y luego otro poquito más, por ver si despertaba; y a tanto se atrevió, que le volvió de una parte a otra sin que
despertase. Como vio esto, se fue a la gatera de la puerta y, con
voz no tan baja como la primera, llamó a la dueña, que allí la estaba esperando, y le dijo:

—Dame albricias, hermana, que Carrizales duerme más que
un muerto.

—¿Pues a qué aguardas a tomar la llave, señora? —dijo la
dueña—. Mira que está el músico aguardándola más ha de una
hora.

—Espera, hermana, que ya voy por ella —respondió Leonora.

Y, volviendo a la cama, metió la mano por entre los colchones
y sacó la llave de en medio de ellos sin que el viejo lo sintiese; y,
tomándola en sus manos, comenzó a dar brincos de contento, y sin
más esperar abrió la puerta y la presentó a la dueña, que la recibió
con la mayor alegría del mundo.

Mandó Leonora que fuese a abrir al músico y que le trajese a
los corredores, porque ella no osaba quitarse de allí, por lo que
podía suceder; pero que, ante todas cosas, hiciese que de nuevo
ratificase el juramento que había hecho de no hacer más de lo que
ellas le ordenasen, y que, si no le quisiese confirmar y hacer de
nuevo, en ninguna manera le abriesen.

—Así será —dijo la dueña—; y a fe que no ha de entrar si primero no jura y rejura y besa la cruz seis veces.

—No le pongas tasa —dijo Leonora—: bésela él y sean las
veces que quisiere; pero mira que jure la vida de sus padres y por
todo aquello que bien quiere, porque con esto estaremos seguras
y nos hartaremos de oírle cantar y tañer, que en mi ánima que lo
hace delicadamente; y anda, no te detengas más, porque no se
nos pase la noche en pláticas.

Alzose las faldas la buena dueña y con no vista ligereza se puso
en el torno, donde estaba toda la gente de casa esperándola; y, ha-

biéndoles mostrado la llave que traía, fue tanto el contento de todas, que la alzaron en peso, como a catedrático, diciendo: «¡Viva, viva!»; y más, cuando les dijo que no había necesidad de contrahacer la llave, porque, según el untado viejo dormía, bien se podían aprovechar de la de casa todas las veces que la quisiesen.

—¡Ea, pues, amiga —dijo una de las doncellas—, ábrase esa puerta y entre este señor, que ha mucho que aguarda, y démonos un verde de música[29] que no haya más que ver!

—Más ha de haber que ver —replicó la dueña—; que le hemos de tomar juramento, como la otra noche.

Él es tan bueno —dijo una de las esclavas—, que no reparará en juramentos.

Abrió en esto la dueña la puerta y, teniéndola entreabierta, llamó a Loaysa, que todo lo había estado escuchando por el agujero del torno; el cual, llegándose a la puerta, quiso entrarse de golpe; mas, poniéndole la dueña la mano en el pecho, le dijo:

—Sabrá vuestra merced, señor mío, que, en Dios y en mi conciencia, todas las que estamos dentro de las puertas de esta casa somos doncellas como las madres que nos parieron, excepto mi señora; y, aunque yo debo de parecer de cuarenta años, no teniendo treinta cumplidos, porque les faltan dos meses y medio, también lo soy, mal pecado; y si acaso parezco vieja, corrimientos, trabajos y desabrimientos echan un cero a los años, y a veces dos, según se les antoja. Y, siendo esto así como lo es, no sería razón que, a trueco de oír dos o tres o cuatro cantares, nos pusiésemos a perder tanta virginidad como aquí se encierra; porque hasta esta negra, que se llama Guiomar, es doncella. Así que, señor de mi corazón, vuestra merced nos ha de hacer, primero que entre en nuestro reino, un muy solemne juramento de que no ha de hacer más de lo que nosotras le ordenáremos; y si le parece que es

---

[29] *verde de música*: atracón de música.

mucho lo que se le pide, considere que es mucho más lo que se aventura. Y si es que vuestra merced viene con buena intención, poco le ha de doler el jurar, que al buen pagador no le duelen prendas.

—Bien y rebién ha dicho la señora Marialonso —dijo una de las doncellas—; en fin, como persona discreta y que está en las cosas como se debe; y si es que el señor no quiere jurar, no entre acá dentro.

A esto dijo Guiomar, la negra, que no era muy ladina[30]:

—Por mí, mas que nunca jura, entre con todo diablo; que, aunque más jura, si acá estás, todo olvida.

Oyó con gran sosiego Loaysa la arenga de la señora Marialonso, y con grave reposo y autoridad respondió:

—Por cierto, señoras hermanas y compañeras mías, que nunca mi intento fue, es, ni será otro que daros gusto y contento en cuanto mis fuerzas alcanzaren; y, así, no se me hará cuesta arriba este juramento que me piden; pero quisiera yo que se fiara algo de mi palabra, porque dada de tal persona como yo soy, era lo mismo que hacer una obligación guarenticia[31]; y quiero hacer saber a vuestra merced que debajo del sayal hay ál, y que debajo de mala capa suele estar un buen bebedor. Mas, para que todas estén seguras de mi buen deseo, determino de jurar como católico y buen varón; y, así, juro por la intemerata eficacia, donde más santa y largamente se contiene, y por las entradas y salidas del santo Líbano monte, y por todo aquello que en su proemio encierra la verdadera historia de Carlomagno, con la muerte del gigante Fierabrás, de no salir ni pasar del juramento hecho y del manda-

---

[30] *no era muy ladina:* por ser extranjera no sabía aún bien el castellano.

[31] *una obligación guarenticia:* una promesa con garantías de cumplimiento. Todo el juramento que sigue es gracioso, por lo absurdo.

miento de la más mínima y desechada de estas señoras, so pena que si otra cosa hiciere o quisiere hacer, desde ahora para entonces y desde entonces para ahora, lo doy por nulo y no hecho ni valedero.

Aquí llegaba con su juramento el buen Loaysa, cuando una de las dos doncellas, que con atención le había estado escuchando, dio una gran voz diciendo:

—¡Este sí que es juramento para enternecer las piedras! ¡Mal haya yo si más quiero que jures, pues con solo lo jurado podías entrar en la misma sima de Cabra!

Y, asiéndole de los greguescos, le metió dentro, y luego todas las demás se le pusieron a la redonda. Luego fue a dar las nuevas a su señora, la cual estaba haciendo centinela al sueño de su esposo; y, cuando la mensajera le dijo que ya subía el músico, se alegró y se turbó en un punto y preguntó si había jurado. Respondiole que sí, y con la más nueva forma de juramento que en su vida había visto.

—Pues si ha jurado —dijo Leonora—, asido le tenemos. ¡Oh, qué avisada que anduve en hacerle que jurase!

En esto, llegó toda la caterva junta, y el músico en medio, alumbrándolos el negro y Guiomar la negra. Y, viendo Loaysa a Leonora, hizo muestras de arrojársele a los pies para besarle las manos. Ella, callando y por señas, le hizo levantar, y todas estaban como mudas, sin osar hablar, temerosas que su señor las oyese; lo cual considerado por Loaysa, les dijo que bien podían hablar alto, porque el ungüento con que estaba untado su señor tenía tal virtud que, fuera de quitar la vida, ponía a un hombre como muerto.

—Así lo creo yo —dijo Leonora—; que si así no fuera, ya él hubiera despertado veinte veces, según le hacen de sueño ligero sus muchas indisposiciones; pero, después que le unté, ronca como un animal.

—Pues eso es así —dijo la dueña—, vámonos a aquella sala frontera, donde podremos oír cantar aquí al señor y regocijarnos un poco.

—Vamos —dijo Leonora—; pero quédese aquí Guiomar por guarda, que nos avise si Carrizales despierta.

A lo cual respondió Guiomar:

—¡Yo, negra, quedo; blancas, van. Dios perdone a todas!

Quedose la negra; fuéronse a la sala, donde había un rico estrado y, cogiendo al señor en medio, se sentaron todas. Y, tomando la buena Marialonso una vela, comenzó a mirar de arriba abajo al bueno del músico, y una decía:

—¡Ay, qué copete que tiene tan lindo y tan rizado!

Otra:

—¡Ay, qué blancura de dientes! ¡Mal año para piñones mondados, que más blancos ni más lindos sean!

Otra:

—¡Ay, qué ojos tan grandes y tan rasgados! Y, por el siglo de mi madre, que son verdes; que no parecen sino que son de esmeraldas!

Esta alababa la boca, aquella los pies, y todas juntas hicieron de él una menuda anatomía y pepitoria. Sola Leonora callaba y le miraba, y le iba pareciendo de mejor talle que su velado.

En esto, la dueña tomó la guitarra, que tenía el negro, y se la puso en las manos de Loaysa, rogándole que la tocase y que cantase unas coplillas que entonces andaban muy validas en Sevilla, que decían:

Madre, la mi madre,
guardas me ponéis.

Cumpliole Loaysa su deseo. Levantáronse todas y se comenzaron a hacer pedazos bailando. Sabía la dueña las coplas, y cantolas con más gusto que buena voz; y fueron estas:

Madre, la mi madre,
guardas me ponéis;
que si yo no me guardo,
no me guardaréis.

Dicen que está escrito,
y con gran razón,
ser la privación
causa de apetito;
crece en infinito
encerrado amor;
por eso es mejor
que no me encerréis;
que si yo, etc.

Si la voluntad
por sí no se guarda,
no la harán guarda
miedo o calidad;
romperá, en verdad,
por la misma muerte,
hasta hallar la suerte
que vos no entendéis;
que si yo, etc.

Quien tiene costumbre
de ser amorosa,
como mariposa
se irá tras su lumbre,
aunque muchedumbre
de guardas le pongan,
y aunque más propongan

de hacer lo que hacéis;
que si yo, etc.

Es de tal manera
la fuerza amorosa,
que a la más hermosa
la vuelve en quimera;
el pecho de cera,
de fuego la gana,
las manos de lana,
de fieltro los pies;
que si yo no me guardo,
mal me guardaréis.

Al fin llegaban de su canto y baile el corro de las mozas, guiado por la buena dueña, cuando llegó Guiomar, la centinela, toda turbada, hiriendo de pie y de mano como si tuviera alferecía[32]; y, con voz entre ronca y baja, dijo:

—¡Despierto señor, señora; y, señora, despierto señor, y levantas y viene!

Quien ha visto banda de palomas estar comiendo en el campo, sin miedo, lo que ajenas manos sembraron, que al furioso estrépito de disparada escopeta se azora y levanta y, olvidada del pasto, confusa y atónita, cruza por los aires, tal se imagine que quedó la banda y corro de las bailadoras, pasmadas y temerosas, oyendo la no esperada nueva que Guiomar había traído; y, procurando cada una su disculpa y todas juntas su remedio, cuál por una y cuál por otra parte, se fueron a esconder por los desvanes y rincones de la casa, dejando solo al músico; el cual, dejando la guitarra y el canto, lleno de turbación, no sabía qué hacerse.

---

[32] *alferecía:* epilepsia.

Torcía Leonora sus hermosas manos; abofeteábase el rostro, aunque blandamente, la señora Marialonso. En fin, todo era confusión, sobresalto y miedo. Pero la dueña, como más astuta y reportada, dio orden que Loaysa se entrase en un aposento suyo, y que ella y su señora se quedarían en la sala, que no faltaría excusa que dar a su señor si allí las hallase.

Escondiose luego Loaysa, y la dueña se puso atenta a escuchar si su amo venía; y, no sintiendo rumor alguno, cobró ánimo y, poco a poco, paso ante paso, se fue llegando al aposento donde su señor dormía y oyó que roncaba como primero; y, asegurada de que dormía, alzó las faldas y volvió corriendo a pedir albricias a su señora del sueño de su amo, la cual se las mandó de muy entera voluntad.

No quiso la buena dueña perder la coyuntura que la suerte le ofrecía de gozar, primero que todas, las gracias que esta se imaginaba que debía tener el músico; y, así, diciéndole a Leonora que esperase en la sala, en tanto que iba a llamarlo, la dejó y se entró donde él estaba, no menos confuso que pensativo, esperando las nuevas de lo que hacía el viejo untado. Maldecía la falsedad del ungüento, y quejábase de la credulidad de sus amigos y del poco advertimiento que había tenido en no hacer primero la experiencia en otro antes de hacerla en Carrizales.

En esto, llegó la dueña y le aseguró que el viejo dormía a más y mejor; sosegó el pecho y estuvo atento a muchas palabras amorosas que Marialonso le dijo, de las cuales coligió la mala intención suya y propuso en sí de ponerla por anzuelo para pescar a su señora. Y, estando los dos en sus pláticas, las demás criadas, que estaban escondidas por diversas partes de la casa, una de aquí y otra de allí, volvieron a ver si era verdad que su amo había despertado; y, viendo que todo estaba sepultado en silencio, llegaron a la sala donde habían dejado a su señora, de la cual supieron el sueño de su amo; y, preguntándole por el músico y por la dueña, les dijo dónde estaban, y todas, con el mismo silencio que habían traído, se llegaron a escuchar por entre las puertas lo que entrambos trataban.

No faltó de la junta Guiomar, la negra; el negro sí, porque, así como oyó que su amo había despertado, se abrazó con su guitarra y se fue a esconder en su pajar y, cubierto con la manta de su pobre cama, sudaba y trasudaba de miedo; y, con todo eso, no dejaba de tentar las cuerdas de la guitarra: tanta era (encomendado él sea a Satanás) la afición que tenía a la música.

Entreoyeron las mozas los requiebros de la vieja, y cada una le dijo el nombre de las Pascuas: ninguna la llamó vieja que no fuese con su epíteto y adjetivo de hechicera y de barbuda, de antojadiza y de otros que por buen respeto se callan; pero lo que más risa causara a quien entonces las oyera eran las razones de Guiomar, la negra, que por ser portuguesa y no muy ladina, era extraña la gracia con que la vituperaba. En efecto, la conclusión de la plática de los dos fue que él condescendería con la voluntad de ella, cuando ella primero le entregase a toda su voluntad a su señora.

Cuesta arriba se le hizo a la dueña ofrecer lo que el músico pedía; pero, a trueco de cumplir el deseo que ya se le había apoderado del alma y de los huesos y médulas del cuerpo, le prometiera los imposibles que pudieran imaginarse. Dejole y salió a hablar a su señora; y, como vio su puerta rodeada de todas las criadas, les dijo que se recogiesen a sus aposentos, que otra noche habría lugar para gozar con menos o con ningún sobresalto del músico, que ya aquella noche el alboroto les había aguado el gusto.

Bien entendieron todas que la vieja se quería quedar sola, pero no pudieron dejar de obedecerla, porque las mandaba a todas. Fuéronse las criadas y ella acudió a la sala a persuadir a Leonora acudiese a la voluntad de Loaysa, con una larga y tan concertada arenga, que pareció que de muchos días la tenía estudiada. Encareciole su gentileza, su valor, su donaire y sus muchas gracias. Pintole de cuánto más gusto le serían los abrazos del amante mozo que los del marido viejo, asegurándole el secreto y la duración del deleite, con otras cosas semejantes a estas, que el demonio le puso en la lengua, llenas de colores retóricos, tan demostrativos y eficaces, que movieran no solo el corazón tierno y poco advertido de la simple e incauta Leonora, sino el de un endurecido mármol. ¡Oh dueñas, nacidas y usadas en el mundo para perdición de mil recatadas y buenas intenciones! ¡Oh, luengas y repulgadas tocas, escogidas para autorizar las salas y los estrados de señoras principales, y cuán al revés de lo que debíais usáis de vuestro casi ya forzoso oficio! En fin, tanto dijo la dueña, tanto persuadió la dueña, que Leonora se rindió, Leonora se engañó y Leonora se perdió, dando en tierra con todas las prevenciones del discreto Carrizales, que dormía el sueño de la muerte de su honra.

Tomó Marialonso por la mano a su señora y, casi por fuerza, preñados de lágrimas los ojos, la llevó donde Loaysa estaba; y, echándoles la bendición con una risa falsa de demonio, cerrando tras sí la puerta, los dejó encerrados, y ella se puso a dormir en el estrado o, por mejor decir, a esperar su contento de recudida. Pero, como el desvelo de las pasadas noches la venciese, se quedó dormida en el estrado.

Bueno fuera en esta sazón preguntar a Carrizales, a no saber que dormía, que adónde estaban sus advertidos recatos, sus recelos, sus advertimientos, sus persuasiones, los altos muros de su casa, el no haber entrado en ella, ni aun en sombra, alguien que tuviese nombre de varón, el torno estrecho, las gruesas paredes, las ventanas sin luz, el encerramiento notable, la gran dote en que a Leonora había dotado, los regalos continuos que la hacía, el buen tratamiento de sus criadas y esclavas; el no faltar un punto a todo aquello que él imaginaba que habían menester, que podían desear... Pero ya queda dicho que no había para qué preguntárselo, porque dormía más de aquello que fuera menester; y si él lo oyera y acaso respondiera, no podía dar mejor respuesta que encoger los hombros y enarcar las cejas y decir: «¡Todo aqueso derribó por los fundamentos la astucia, a lo que yo creo, de un mozo holgazán y vicioso, y la malicia de una falsa dueña, con la inadvertencia de una muchacha rogada y persuadida!». Libre Dios a cada uno de tales enemigos, contra los cuales no hay escudo de prudencia que defienda ni espada de recato que corte.

Pero, con todo esto, el valor de Leonora fue tal, que, en el tiempo que más le convenía, le mostró contra las fuerzas villanas de su astuto engañador, pues no fueron bastantes a vencerla, y él se cansó en balde, y ella quedó vencedora y entrambos dormidos. Y, en esto, ordenó el cielo que, a pesar del ungüento, Carrizales despertase y, como tenía de costumbre, tentó la cama por todas partes; y, no hallando en ella a su querida esposa, saltó de la cama despavorido y atónito, con más ligereza y denuedo que sus muchos años prometían. Y cuando en el aposento no halló a su esposa, y le vio abierto y que le faltaba la llave de entre los colchones, pensó perder el juicio. Pero, reportándose un poco, salió al corredor y de allí, andando pie ante pie por no ser sentido, llegó a la sala donde la dueña dormía; y, viéndola sola, sin Leonora, fue al aposento de la dueña y, abriendo la puerta muy quedo, vio lo que nunca quisiera haber visto, vio lo que diera por bien empleado no tener ojos para verlo: vio a Leonora en brazos de Loaysa, durmiendo tan a sueño suelto como si en ellos obrara la virtud del ungüento y no en el celoso anciano.

Sin pulsos quedó Carrizales con la amarga vista de lo que miraba; la voz se le pegó a la garganta, los brazos se le cayeron de desmayo, y quedó hecho una estatua de mármol frío; y, aunque la cólera hizo su natural oficio, avivándole los casi muertos espíritus, pudo tanto el dolor, que no le dejó tomar aliento. Y, con todo eso, tomara la venganza que aquella gran maldad requería si se hallara con armas para poder tomarla; y, así, determinó volverse a su aposento a tomar una daga y volver a sacar las manchas de su honra con sangre de sus dos enemigos y aun con toda aquella de toda la gente de su casa. Con esta determinación honrosa y necesaria volvió, con el mismo silencio y recato que había venido, a su estancia, donde le apretó el corazón tanto el dolor y la angustia que, sin ser poderoso a otra cosa, se dejó caer desmayado sobre el lecho.

Llegose en esto el día y cogió a los nuevos adúlteros enlazados en la red de sus brazos. Despertó Marialonso y quiso acudir por lo que, a su parecer, le tocaba; pero, viendo que era tarde, quiso dejarlo para la venidera noche. Alborotose Leonora, viendo tan entrado el día, y maldijo su descuido y el de la maldita dueña; y las dos, con sobresaltados pasos, fueron donde estaba su esposo, rogando entre dientes al cielo que le hallasen todavía roncando; y, cuando le vieron encima de la cama callando, creyeron que todavía obraba la untura, pues dormía, y con gran regocijo se abrazaron la una a la otra. Llegose Leonora a su marido y, asiéndole de un brazo, le volvió de un lado a otro, por ver si despertaba sin ponerles en necesidad de lavarle con vinagre, como decían era menester para que en sí volviese. Pero con el movimiento volvió Carrizales de su desmayo y, dando un profundo suspiro, con una voz lamentable y desmayada dijo:

—¡Desdichado de mí, y a qué tristes términos me ha traído mi fortuna!

No entendió bien Leonora lo que dijo su esposo; mas, como le vio despierto y que hablaba, admirada de ver que la virtud del ungüento no duraba tanto como habían significado, se llegó a él y, poniendo su rostro con el suyo, teniéndole estrechamente abrazado, le dijo:

—¿Qué tenéis, señor mío, que me parece que os estáis quejando?

Oyó la voz de la dulce enemiga suya el desdichado viejo y, abriendo los ojos desencajadamente, como atónito y embelesado, los puso en ella y con gran ahínco, sin mover pestaña, la estuvo mirando una gran pieza, al cabo de la cual le dijo:

—Hacedme placer, señora, que luego luego enviéis a llamar a vuestros padres de mi parte, porque siento no sé qué en el corazón que me da grandísima fatiga, y temo que brevemente me va a quitar la vida, y querríalos ver antes que me muriese.

Sin duda creyó Leonora ser verdad lo que su marido le decía, pensando antes que la fortaleza del ungüento, y no lo que había visto, le tenía en aquel trance; y, respondiéndole que haría lo que la mandaba, mandó al negro que luego al punto fuese a llamar a sus padres y, abrazándose con su esposo, le hacía las mayores caricias que jamás le había hecho, preguntándole qué era lo que sentía, con tan tiernas y amorosas palabras, como si fuera la cosa del mundo que más amaba. Él la miraba con el embelesamiento que se ha dicho, siéndole cada palabra o caricia que le hacía una lanzada que le atravesaba el alma.

Ya la dueña había dicho a la gente de casa y a Loaysa la enfermedad de su amo, encareciéndoles que debía de ser de momento, pues se le había olvidado de mandar cerrar las puertas de la calle cuando el negro salió a llamar a los padres de su señora; de la cual embajada asimismo se admiraron, por no haber entrado ninguno de ellos en aquella casa después que casaron a su hija.

En fin, todos andaban callados y suspensos, no dando en la verdad de la causa de la indisposición de su amo; el cual, de rato en rato, tan profunda y dolorosamente suspiraba, que con cada suspiro parecía arrancársele el alma.

Lloraba Leonora por verle de aquella suerte, y reíase él con una risa de persona que estaba fuera de sí, considerando la falsedad de sus lágrimas.

En esto, llegaron los padres de Leonora y, como hallaron la puerta de la calle y la del patio abiertas y la casa sepultada en silencio y sola, quedaron admirados con no pequeño sobresalto. Fueron al aposento de su yerno y halláronle, como se ha dicho, siempre clavados los ojos en su esposa, a la cual tenía asida de las manos, derramando los dos muchas lágrimas: ella, con no más ocasión de verlas derramar a su esposo; él, por ver cuán fingidamente ella las derramaba.

Así como sus padres entraron, habló Carrizales y dijo:

—Siéntense aquí vuestras mercedes, y todos los demás dejen desocupado este aposento, y solo quede la señora Marialonso.

Hiciéronlo así; y, quedando solos los cinco, sin esperar que otro hablase, con sosegada voz, limpiándose los ojos, de esta manera dijo Carrizales:

—Bien seguro estoy, padres y señores míos, que no será menester traeros testigos para que me creáis una verdad que quiero deciros. Bien se os debe acordar (que no es posible se os haya caído de la memoria) con cuánto amor, con cuán buenas entrañas, hace hoy un año, un mes, cinco días y nueve horas que me entregasteis a vuestra querida hija por legítima mujer mía. También sabéis con cuánta liberalidad la doté, pues fue tal la dote, que más de tres de su misma calidad se pudieran casar con opinión de ricas. Asimismo, se os debe acordar la diligencia que puse en vestirla y adornarla de todo aquello que ella se acertó a desear y yo alcancé a saber que le convenía. Ni más ni menos habéis visto, señores, cómo, llevado de mi natural condición y temeroso del mal de que, sin duda, he de morir, y experimentado por mi mucha edad en los extraños y varios acaecimientos del mundo, quise guardar esta joya, que yo escogí y vosotros me disteis, con el mayor recato que me fue posible. Alcé las murallas de esta casa, quité la vista a las ventanas de la calle, doblé las cerraduras de las puertas, púsele torno como a monasterio; desterré perpetuamente de ella todo aquello que sombra o nombre de varón tuviese. Dile criadas y esclavas que la sirviesen, ni les negué a ellas ni a ella cuanto quisieron pedirme; hícela mi igual, comuniquele mis más secretos pensamientos, entreguela toda mi hacienda. Todas estas eran obras para que, si bien lo considerara, yo viviera seguro de gozar sin sobresalto lo que tanto me había costado y ella procurara no darme ocasión a que ningún género de temor celoso entrara en mi pensamiento. Mas, como no se puede prevenir con diligencia humana el castigo que la voluntad divina quiere dar a los que en ella no ponen del todo en todo sus deseos y esperanzas, no es mucho que yo quede defraudado en las mías y que yo mismo haya sido el fabricador del veneno que me va quitando la vida. Pero, porque veo la suspensión en que todos estáis, colgados de las palabras de mi boca, quiero concluir los largos preámbulos de esta plática con deciros en una palabra lo que no es posible decirse en millares de ellas. Digo, pues, señores, que todo lo que he dicho y hecho ha parado en que esta madrugada hallé a esta, nacida en el mundo para perdición de mi sosiego y fin de mi vida —y esto, señalando a su esposa—, en los brazos de un gallardo mancebo, que en la estancia de esta pestífera dueña ahora está encerrado.

Apenas acabó estas últimas palabras Carrizales, cuando a Leonora se le cubrió el corazón, y en las mismas rodillas de su marido se cayó desmayada. Perdió el color Marialonso, y a las gargantas de los padres de Leonora se les atravesó un nudo que no les dejaba hablar palabra. Pero, prosiguiendo adelante Carrizales, dijo:

—La venganza que pienso tomar de esta afrenta no es, ni ha de ser, de las que ordinariamente suelen tomarse, pues quiero que, así como yo fui extremado en lo que hice, así sea la venganza que tomaré, tomándola de mí mismo como del más culpado en este delito; que debiera considerar que mal podían estar ni compadecerse en uno los quince años de esta muchacha con los casi ochenta míos. Yo fui el que, como el gusano de seda, me fabriqué la casa donde muriese, y a ti no te culpo, ¡oh niña mal aconsejada! —y, diciendo esto, se inclinó y besó el rostro de la desmayada Leonora—. No te culpo, digo, porque persuasiones de viejas taimadas y requiebros de mozos enamorados fácilmente vencen y triunfan del poco ingenio que los pocos años encierran. Mas, porque todo el mundo vea el valor de los quilates de la voluntad y fe con que te quise, en este último trance de mi vida quiero mostrarlo de modo que quede en el mundo por ejemplo, si no de bondad, al menos de simplicidad jamás oída ni vista; y, así, quiero que se traiga luego aquí un escribano, para hacer de nuevo mi testamento, en el cual mandaré doblar la dote a Leonora y le rogaré que, después de mis días, que serán bien breves, disponga su voluntad, pues lo podrá hacer sin fuerza, a casarse con aquel mozo, a quien nunca ofendieron las canas de este lastimado viejo; y así verá que, si viviendo jamás salí un punto de lo que pude pensar ser su gusto, en la muerte hago lo mismo, y quiero que le tenga con el que ella debe de querer tanto. La demás hacienda mandaré a otras obras pías; y a vosotros, señores míos, dejaré con que podáis vivir honradamente lo que de la vida os queda. La venida del escribano sea luego, porque la pasión que tengo me aprieta de manera que, a más andar, me va acortando los pasos de la vida.

Esto dicho, le sobrevino un terrible desmayo, y se dejó caer tan junto de Leonora, que se juntaron los rostros: ¡Extraño y triste espectáculo para los padres, que a su querida hija y a su amado yerno miraban! No quiso la mala dueña esperar a las represiones que pensó le darían los padres de su señora; y, así, se salió del aposento y fue a decir a Loaysa todo lo que pasaba, aconsejándole que luego al punto se fuese de aquella casa, que ella tendría cuidado de avisarle con el negro lo que sucediese, pues ya no había puertas ni llaves que lo impidiesen. Admirose Loaysa con tales nuevas y, tomando el consejo, volvió a vestirse como pobre y fuese a dar cuenta a sus amigos del extraño y nunca visto suceso de sus amores.

En tanto, pues, que los dos estaban transportados, el padre de Leonora envió a llamar a un escribano amigo suyo, el cual vino a tiempo que ya habían vuelto hija y yerno en su acuerdo. Hizo Carrizales su testamento en la manera que había dicho, sin declarar el yerro de Leonora, más de que por buenos respetos le pedía y rogaba se casase, si acaso él muriese, con aquel mancebo que él la había dicho en secreto. Cuando esto oyó Leonora, se arrojó a los pies de su marido y, saltándole el corazón en el pecho, le dijo:

—Vivid vos muchos años, mi señor y mi bien todo, que, puesto caso que no estáis obligado a creerme ninguna cosa de las que os dijere, sabed que no os he ofendido sino con el pensamiento.

Y, comenzando a disculparse y a contar por extenso la verdad del caso, no pudo mover la lengua y volvió a desmayarse. Abrazola así desmayada el lastimado viejo; abrazáronla sus padres; lloraron todos tan amargamente, que obligaron y aun forzaron a que en ellas les acompañase el escribano que hacía el testamento, en el cual dejó de comer a todas las criadas de casa, horras[33] las esclavas y el negro, y a la falsa de Marialonso no le mandó otra cosa que la paga de su salario; mas, sea lo que fuere, el dolor le apretó de manera que al seteno día le llevaron a la sepultura.

Quedó Leonora viuda, llorosa y rica; y cuando Loaysa esperaba que cumpliese lo que ya él sabía que su marido en su testamento dejaba mandado, vio que dentro de una semana se entró monja en uno de los más recogidos monasterios de la ciudad. Él, despechado y casi corrido, se pasó a las Indias. Quedaron los padres de Leonora tristísimos, aunque se consolaron con lo que su yerno les había dejado y mandado por su testamento. Las criadas se consolaron con lo mismo, y las esclavas y esclavo con la libertad; y la malvada de la dueña, pobre y defraudada de todos sus malos pensamientos.

Y yo quedé con el deseo de llegar al fin de este suceso: ejemplo y espejo de lo poco que hay que fiar de llaves, tornos y paredes cuando queda la voluntad libre; y de lo menos que hay que confiar de verdes y pocos años, si les andan al oído exhortaciones de estas dueñas de monjil negro y tendido, y tocas blancas y luengas. Sólo no sé qué fue la causa que Leonora no puso más ahínco en disculparse y dar a entender a su celoso marido cuán limpia y sin ofensa había quedado en aquel suceso; pero la turbación le ató la lengua, y la prisa que se dio a morir su marido no dio lugar a su disculpa.

---

[33] *horras:* libres.

DESPUÉS DE LA LECTURA
La casa y el espejo

En dos casas cerradas, con intención diversa, transcurren las acciones dramáticas de estas dos novelas. En *La fuerza de la sangre* una casa a oscuras es el escenario de una violación y de un accidente que hace posible la reparación y la felicidad. En *El celoso extremeño*, la casa cerrada es como un convento en el que hay comodidades, pero en el que las encerradas carecen de libertad. Y aunque los espejos falten en ambas casas, Cervantes acierta a reflejar la vida de su tiempo con su palabra precisa. Hay que advertir, sin embargo, que nuestro escritor no lo dice todo, por lo que su espejo resulta muchas veces voluntaria y misteriosamente empañado.

En lugar de separar claramente las propuestas para *La fuerza de la sangre* y *El celoso extremeño,* me ha parecido mejor establecer un constante diálogo entre ambas novelas, ya que el libro que tenéis es único.

1. Ya he hablado en la introducción de este libro del odio y del recelo que los indianos despertaban en el común de las gentes y, sobre todo, entre nobles e hidalgos. Vivir del trabajo y del comercio eran signos de judaísmo.

El indiano Félix, en la obra de Lope de Vega *La pasión sin culpa* dice al llegar a Sevilla estas palabras que son espejo del pensamiento de su época:

> Busque entre los indios oro
> la fiera codicia humana
> que mar y montes allana
> y embarque su gran tesoro,
> que yo más quiero vivir
> en mi patria con llaneza
> que esta pesada riqueza
> tan difícil de adquirir.

Así pues, mejor le hubiera ido al viejo Carrizales de haberse quedado en Sevilla y no haber querido desafiar los peligros del mar y las envidias y resentimientos de los sevillanos.

Inventa un breve relato en el que el protagonista decide sobrevivir en Sevilla.

2. Resulta curioso comprobar cómo España, por el simple hecho de despreciar el dinero y el comercio, no acertó a crear industrias y, por ello, le dejó el mercado libre a los Países Bajos, a Francia y a Inglaterra. Los indígenas de América aprendieron pronto los nombres de ciudades de Flandes porque de allí recibían tejidos de lana y de hilo. ¿Crees que si los españoles hubieran sido más emprendedores en la industria y en el comercio hubiera sido diferente la realidad sociopolítica de Hispanoamérica? Organizad un debate sobre este tema teniendo en cuenta estas hipótesis:

- España pretendió el oro de América para hacer fábricas y crear riqueza, no para levantar iglesias o para despilfarrarlo en lujos.
- En la propia América, de suelo tan fértil, España impulsaría la agricultura y distribuiría equitativamente la riqueza.
- No se dedicaría a convertir indios al catolicismo, sino que impulsaría la libertad de creencias.
- Consideraría como tesoro común la lengua y la usaría como lazo de unión.

3. En el siglo XVI vivió en Italia un grandísimo poeta, su nombre era Ludovico Ariosto. En su extenso y maravilloso poema caballeresco titulado *Orlando furioso*, aparece un episodio que puede relacionarse con lo sucedido en *El celoso extremeño*: un viejo ermitaño que tiene conocimientos de magia se encuentra en un campo desierto con la bella Angélica y arde en tentaciones. Para gozar de ella le echa unas gotas hipnóticas en los ojos. Mientras duerme la protagonista, el viejo sensual la acaricia:

> Él le da abrazos y a placer la toca
> pero ella está dormida y no contesta.
> Él le besa el hermoso pecho y boca;
> nadie lo ve en la aspereza ésta.

En el encuentro su caballo choca;
ya no puede el deseo alzar la testa.

Tras inútiles esfuerzos, el ermitaño se duerme también pues no había sido lo suficientemente mago, ya que no había podido hallar el elixir de la juventud.

Observa las diferencias y semejanzas con el desenlace de la novela que has leído.

4. El honor en tiempos de Cervantes queda codificado por Lope en su teatro. El marido engañado tenía la obligación de matar a la esposa y al amante. Este tema sufre una transformación profunda en el siglo XX con autores como Valle-Inclán y Lorca. En *Los cuernos de don Friolera* de Valle-Inclán el teniente Friolera debe dar muerte a doña Loreta, su mujer, aunque ni cree en su infidelidad ni en la obligación de cometer tal crimen, incluso en el supuesto de que ella le hubiera sido infiel. Pero tiene que matar para no empañar el honor militar; «porque en el cuerpo de carabineros no se admiten cabrones». Más tarde, cuando el teniente quiere vengar lo que él entiende que es su afrenta, coge su pistola y, «pin, pan, pun» apunta mal y mata a la hija pequeña en lugar de matar a la madre y al cojitranco seductor Pachequín.

Espido Freire en *Nos espera la noche* (su última novela, por ahora) ofrece una visión muy particular del tema; Ultrice quiere casarse con quien lave su afrenta que, más tarde, sabremos imaginaria. Ésta es su confesión y su deseo de venganza:

—Cuando yo tenía nueve años Adam Dianordia abrió mi ventana y me violó en mi propia habitación. Nadie oyó nada. Años más tarde se lo conté a mi padre y se encogió de hombros. Sólo él lo sabe. Si vas a ser mi marido, debía decírtelo —se acercó aún más a él—. Tú verás qué haces. No por amor a mí, ni siquiera porque vayamos a ser una misma cosa, sino porque desde ahora te juro que no me casaré con alguien que renuncie a vengarse por mí.

Thonalan le promete vengarla, pero más tarde se asombra con su virginidad y, poco a poco, va descubriendo que la escena contada sólo existió en sueños. Ultrice nunca tuvo una cama dorada ni un espejo enorme, tampoco pudo violarla Dianordia, entonces niño como ella. Por todo lo cual, Thonalan decide olvidar la promesa sangrienta.

Podéis asociaros en grupos de cuatro para crear una obrita teatral que tenga como eje el honor, visto en alguna de estas perspectivas:

- Venganza sangrienta acaecida ante el espectador o entre bastidores.
- Tomarse a burla el tema del honor.
- Pasar del problema y desviar la atención.

5. Una cosa es perder la honra en público y otra en privado. Compruébalo en las palabras que dirige Leocadia a su ofensor, así como en la réplica del padre de la chica cuando ella le informa de su desgracia. También el padre o el hermano de la mujer deshonrada debía vengarse del que la hubiese deshonrado, si ella no tenía marido que la pudiera defender. Teniendo en cuenta esto, ¿cómo juzgas el comportamiento del padre? ¿Crees que su comportamiento hubiera sido muy distinto de no haber sido viejo?

6. Leocadia se desmaya en tres ocasiones; la primera casi al comienzo de la novela, y las otras dos hacia el final. Busca los momentos del desmayo y di a qué causas responden y cómo vuelve en sí. En el último de los desmayos Rodolfo también la acompaña, ¡quién lo diría! Juzga su comportamiento.

7. Leocadia protagoniza tres intensos monólogos, ¿cuál de ellos te parece más importante? En tu respuesta debes tener presente el impacto del dolor. ¿Puede el dolor hacer madurar a alguien?

8. Como en las antiguas comedias griegas o en *Dafnis y Cloe* determinadas prendas sirven de reconocimiento. ¿Qué se lleva Leocadia de la habitación y para qué?

9. El desenlace de *La fuerza de la sangre* no es sostenible hoy en día; ilustrad la opinión actual a base de noticias recogidas en los periódicos o en Internet.

10. La marcha de la novela *La fuerza de la sangre* es desigual. Al comienzo contrastan los hechos con la lentitud de los monólogos llenos de sabiduría dolorida de la joven; luego la novela cambia bruscamente y siete años pasan en un vuelo. Rellena con algunos detalles de tu invención el periodo silenciado por el novelista.

11. Cada uno de nosotros podemos tener amistad con cualquier escritor aunque haya muerto hace siglos; solo es necesario sentirse acompañado con su lectura. Esto es lo que le sucede a Rubén Darío con Cervantes al que exalta en un soneto raro; la rareza consiste en combinar caprichosamente versos de once y de siete sílabas. Léelo con atención y si te gusta trata de retenerlo en la memoria:

> Horas de pesadumbre y de tristeza
> paso en mi soledad. Pero Cervantes
> es buen amigo. Endulza mis instantes
> ásperos, y reposa en mi cabeza.
>
> Él es la vida y la naturaleza,
> regala un yelmo de oro y de diamantes
> a mis sueños errantes.
> Es para mí: suspira, ríe y reza.
>
> Cristiano y amoroso caballero
> parla como un arroyo cristalino.
> ¡Así le admiro y quiero,
>
> viendo cómo el destino
> hace que regocije al mundo entero
> la tristeza inmortal de ser divino!

12. Bruno Frank nos ofrece en su libro *Cervantes* una historia novelada de la vida del genial escritor. Lee atentamente el siguiente fragmento en el que dialogan el cautivo Cervantes y su amo, el renegado griego Dali-Mami. Este personaje sanguinario descubre en poder de Cervantes dos cartas de recomendación; una de don Juan de Austria y otra del virrey. Oigámoslos ya:

—Escuchadme, capitán —repetía Cervantes—. Os equivocáis. No soy grande, ni rico, ni tengo amigos que puedan pagar rescate por mí. Soldado soy, sin recursos de ninguna especie. Soy cabo, nada más.

—¿De veras? ¿Y para un cabo escribe al rey el jefe del ejército?

—Pues no hace falta más que leer la carta. Allí encontraréis confirmado todo.

—¿Cómo?

Dali-Mami cogió la hoja que tenía al lado.

—Aquí leo una recomendación insistente, en términos calurosos. Nada de soldado, nada de pobre.

—Eso es una hoja apenas. Leed el otro escrito, más detallado, el del virrey.

—¡Ah! El virrey también ha escrito. Y todo esto para un simple cabo. ¡Con mucha habilidad defendéis vuestras causas!

—¡Leed esta otra carta!

—No hay otra carta. ¡Buena disculpa!

—¡Buscadla!

—La primera me basta.

—¡Sois un asno! —gritó Cervantes—. ¡Un asno, cabezota dura, un terco!

Prefería que le matasen en seguida a no esperar en la esclavitud corsaria, durante años, dos mil ducados que nunca vendrían.

El rey, en efecto, se había levantado con los ojos febriles de cólera, con la boca hinchada... Cogió su flexible alfanje pero volvió a sentarse y respiró.

Ahora os habéis legitimado por completo —dijo satisfecho—. Solo un señor muy elevado tiene tanta audacia.

Para sacarle mayor partido a la lectura del fragmento anterior, podríais hacer un montaje radiofónico que presentara unos compases musicales de introducción y de cierre. Si se estima oportuno, también puede oírse en algún momento, como fondo, un ligero rumor de oleaje o ruido de sables.

13. En 1615, con motivo de los preparativos de la boda del Príncipe de Asturias (el futuro Felipe IV) con Isabel de Borbón, varios caballeros franceses que acompañaban al embajador de Francia quisieron saber qué libros estaban de moda en nuestro país. Al enterarse, por boca del censor de la Segunda parte de *El Quijote*, que esta obra la había escrito Miguel de Cervantes, se pusieron muy contentos, porque algunos se sabían *La Galatea* casi de memoria y en Francia eran muy conocidas las novelas cervantinas. Aún hoy, de cada cuatro franceses consultados, uno confiesa haber leído *El Quijote*.

Cuando supieron que Cervantes era viejo, soldado y pobre, se maravillaron y uno de ellos exclamó:

—Pues ¿a tal hombre no le tiene España muy rico y sustentado del erario público?

Acudió otro de aquellos caballeros con este pensamiento y con mucha agudeza, y dijo:

—Si necesidad le ha de obligar a escribir, plega a Dios que nunca tenga abundancia, para que con sus obras, siendo él pobre, haga rico a todo el mundo.

Hay dos hechos en la actualidad que pueden relacionarse con el fragmento leído:

- la boda del príncipe Felipe y Letizia, y
- la concesión del Premio Príncipe de Asturias a la Concordia a la creadora de *Harry Potter*.

Elegid uno de los acontecimientos para hacer un coloquio en clase.

Y, para terminar, la pregunta del millón: ¿en qué época le hubiera gustado más vivir a Cervantes?